잡종
능력자

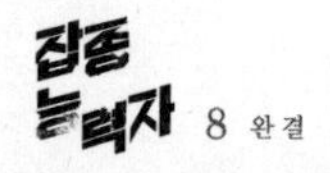

8 완결

초판 1쇄 인쇄일 2017년 1월 20일 | **초판 1쇄 발행일** 2017년 1월 23일

지은이 돼만보 | **펴낸이** 곽동현 | **담당편집 팀장** 이범수
편집부 신연제 이윤아 홍현주 김유진 조서영 임소담

펴낸곳 (주) 조은세상 | 출판등록 제 2002-23호
주소 경기도 연천군 미산면 청정로 1355
TEL 편집부 02)587-2966 | FAX 02)587-2922
e-mail bukdu@comics21c.co.kr

ISBN 979-11-5832-853-5 | ISBN 979-11-5832-621-0(set) | 값 8,000원

※잘못 만들어진 책은 바꿔 드립니다.
※저자와의 협의에 의해 인지는 생략합니다.

잡종
능력자
돼만보 현대 판타지 장편소설
NEO MODERN FANTASY STORY & ADVENTURE
雜種能力者
8
완결

북두
(주)조은세상

CONTENTS

1장. 진정한 힘

1장. 진정한 힘

"정말 미안합니다. 인간들이여."

레나의 손길로 정신을 차린 멜로스는 피가 흘러나오는 배를 부여잡고 자리에서 일어났다.

어라? 이거 아까랑 똑같은 현상같은데?

이렇게 일어나서 다시 레나를 공격하는 건 아니겠지?

최수민이 긴장의 끈을 놓지 않고 레나의 앞을 막아서자 멜로스가 미안하다는 듯 다시 자리에 주저앉아버렸다.

"아까 제가 했던 행동 때문에 그러시는 것이라면 걱정하지 않으셔도 됩니다. 이제 저는 그럴 힘도 없고, 저를 조종했었던 마족의 힘도 확실하게 모두 제거되었으니까요."

하지만 멜로스의 해명과 달리 레나가 당했던 모습을 보았던 사람들은 아무도 멜로스 가까이 가지 않았다.

"저기… 이제 끝난 건가요?"

멜로스에게 다가가지 않는 최수민과 일행들에게 총군 연합사람들이 슬금슬금 다가왔다.

고래싸움에 새우등 터질까봐 멀리서 구경만 하고 있었지만 이제 소강상태에 접어든 것을 확인하러 온 사람들.

"끝난 것 같네요."

최수민이 대답을 하며 옆을 보자 오베르토는 가까이 다가오지 않고 있었다. 최수민이 강해봤자 얼마나 강하겠어라고 생각을 했었는데 혼자서 블루 드래곤을 이길 정도라니.

오베르토의 머릿속이 복잡하게 움직이기 시작했다. 과연 저런 최수민을 상대로 능력자들의 세상을 만들자고 하는 게 맞는 말일까?

그리고 블루 드래곤보다 강한 몬스터가 나온다면 어떻게 되는 것일까?

여전히 생각이 정리되지 않는 상황이라 오베르토는 멀리서 지켜만보고 있었다.

"당신이 그 때 그 수민입니까?"

"네. 맞아요."

론디움으로 이동하던 배를 탔었던 때 멜로스와 대화를 나누었던 기억을 떠올리며 대답을 했다.

"너희 어떻게 알고 있는 거야? 만난 적이 있었어?"

"아뇨. 만난 적은 없고…."

"여기에 나와 같은 기운을 풍기는 사람이 있길래 머릿속으로 이야기를 한 번 했었지."

이야기가 길어질 것 같았는데 멜로스가 레나에게 대신 설명을 해주었다. 하긴 멜로스가 먼저 말을 걸어왔었으니 어떻게 한 것인지는 본인이 설명해야지.

"그건 그렇고 그 때와 많이 달라지셨네요. 몸에서 여해의 기운이 느껴지는 걸 보니 여해를 만났었나 보군요."

"네. 많은 일이 있었죠."

생각해보니 짧은 시간에 정말 많은 일이 있었다. 멜로스와 대화를 나누었던 것도 엊그제 같은데 벌써 그게 몇 달 전이다.

"자 그럼 이야기를 해봐. 어떻게 된 건지. 어떻게 여기에 오게 된거야? 여해에게 들어서 여해에 대한 이야기는 알고 있는데 넌 무슨 일이야? 원래 이 곳에 대해서 알고 있었나?"

레나의 질문에 멜로스는 대답을 하기 전에 거친 숨을 몰아쉬었다. 드래곤의 질긴 생명력이 아니었다면 이미 죽었을 상황. 그만큼 레나의 브레스는 강력했다.

"멜로스 좀 치료해줘. 난 지금 마나를 못 써."

최수민이 그랬던 것처럼 레나는 상처는 회복이 되었지만 마나는 전혀 사용할 수 없는 상태였다. 레나의 드래곤 하트에서 생기는 마나는 지금 생명을 유지하기 위해 쓰이고 있는 상황.

시간이 지나면 자연스럽게 회복이 될테지만 지금 당장은 무리였다. 한 마디로 말하자면 지금 레나의 상태는 한명의 아름다운 여자일뿐.

"아니에요. 저에게 회복 마법을 쓰지 마시길. 제 몸이 회복된다면 혹시나 아까처럼 위험한 짓을 하게 될지도 모릅니다."

"하지만 아까 몸 속에 흐르고 있던 암흑 마나는 모두 빼냈는데?"

레나가 멜로스의 몸에 손을 대었을 때 암흑마나가 빠져나가는 것을 모두가 보았다. 물론 그게 전부인지는 확신할 수는 없었지만 레나는 암흑마나를 모두 빼내었다고 확신하고 있었다.

"아니. 나에게 서려있는 암흑마나는 몇 년에 걸쳐서 주입된 것. 그렇게 순식간에 모두 사라지지 않았을 거야. 다행히 드래곤 하트까지는 침범하지 못했지만."

후우.

다시 한 번 크게 숨을 몰아쉰 멜로스가 말을 이어갔다.

"아직까지 말을 하는데 큰 지장은 없으니 이대로 말을 하도록 하지. 여해에겐 어디까지 들은 거지?"

말을 시작한다고 하더니 느닷없이 질문을 던지는 멜로스.

멜로스의 말에 레나가 친절하게 대답을 해주었다. 여해에게 들었던 사실 전부.

그러자 주변에 있던 사람들이 모두 놀라기 시작했다. 몇 백년 전에 죽었다고 알려진 이순신 장군이 살아있다고, 게다가 다른 대륙을 정벌하고 왔다니!

특히 능력자들의 세상을 만들고 싶어하던 오베르토가 조금씩 다가와서 이야기를 흥미롭게 듣기 시작했다.

"여해가 어떻게 여기까지 오게 된 건지까지 다 들은 거군. 그럼 바로 내 이야기를 시작해도 되겠어."

어느새 총군 연합원들과 임동호의 일행들은 멜로스의 이야기에 빠져들고 있었다. 그 어떤 영화보다 더 흥미로운 이야기.

그것도 실존 인물에 바탕을 둔 이야기라는 것이 모두의 흥미를 끌었다.

"여해가 조선, 그러니까 지구로 돌아가기 전에 모든 마나를 다 소모했었지. 그 반작용으로 소환되었던 최하급 마족부터 상급 마족까지 모두 이 곳 론디움 대륙에 봉인을 했고."

그래, 그것까지는 들었었지. 작용 반작용 같은 원리였던가? 거기에다 멜로스는 세상의 조화를 맞추기 위해 어느 한 쪽에 유리한 힘만을 보낼 수 없다는 말까지 덧붙였다.

그러니까 마족이 소환되는 경우 마족에 대항할 수 있는

힘을 가진 누군가가 나타나야하고, 반대의 경우도 마찬가지였다.

여해가 지구로 넘어오게 되면서 필수적으로 마족이나 몬스터가 지구로 등장할 수 밖에 없었다는 것.

"그런데 왜 전에는 다 멜로스 탓이라고 한 거에요? 이야기를 들어보면 애초에 멜로스가 시작한 것 같지도 않은데?"

"그러니까 이제 시작이야. 여해의 마나를 다 소모시킨 후 평범한 인간과 다름없는 여해의 몸을 지구로 보내기 위해 마법진에 올려놓았지. 그랬더니."

그 날의 기억을 떠올리며 멜로스가 침을 삼켰다.

"지금 빙하속에 갇혀있는 마족이 나타났어. 분명 몸 밖에 없는 여해였는데."

지금도 왠지 이유를 알 수 없다는 듯이 멜로스의 얼굴은 당혹스러워 보였다.

빙하 속에 있는 마족. 결국 론디움의 최종 보스를 멜로스가 끌고 온 것이나 다름 없었다. 그렇다고 왜 계속 사과를 하고 있는 거지?

그 녀석이 대체 무슨 일을 했길래?

"저는 왠지 알 것 같은데요? 마나가 없는 여해라도 그 만큼 강하다는 뜻 아닐까요?"

그러자 멜로스는 절대 그럴리 없다는 듯 고개를 저었다. 인간 여해는 확실히 어마어마하게 강했다. 마왕도 물리쳤을 정도니까. 하지만 그것은 모두 여해에게 존재했던 어마어마한 마나덕분.

"아무리 여해가 강하다고 해도 마나도 없는데 마계 서열 5위인 아블만큼 강하다구요? 그건 절대 있을 수 없는 일이에요. 드래곤도 아니구요."

"하지만 최수민의 말도 일리가 있어. 여해한테서 마나가 한 줌도 느껴지지 않았는데 대형 몬스터들을 갈라내고 최하급 마족들을 죽였으니까. 그건 그렇고 이야기를 계속 해봐."

멜로스가 치료를 거부했기 때문에 언제 죽어도 이상하지 않은 상황이었다.

그 때문에 최대한 많은 정보를 듣기 위해 레나가 멜로스의 말을 끊었다.

"그래. 여해의 몸이 차원을 넘어가자 상급 마족까지 등장했던 그 마법진에서 마계 서열 5위의 아블이 등장하더군. 난 그 자리에서 아블을 처리하지 못했고 아블과 함께 론디움으로 이동해온 후 빙하지역이 있는 곳에 빙하째로 녀석과 나의 몸을 봉인해뒀었지."

아 그래서 서벨리 빙하에 멜로스와 최종 보스인 마족이 봉인되어있었구나. 이제야 궁금증이 하나씩 풀리기 시작한다.

서벨리 빙하를 항상 지키고 있던 임동호와 일행들도 이제야 궁금증이 풀린다는 듯한 표정을 짓고 있을 때, 갑자기 상급 마족의 이름이 왠지 낯익다는 생각이 들었다.

“잠시만요. 마계 서열 5위의 이름이 아블이라구요?”

“네. 아블. 혹시 들어본 적이 있는 마족이에요?”

론디움을 멸망시켰다는 마족. 뱀파이어인 마족이자 다른 마족들을 소환하기도 했고 사람들의 피를 빨아먹으며 점점 더 강해졌다는 아블의 이름을 잊을 수 있을 리가 없었다.

데스나이트에게서 들었던 그 이름. 멜로스의 말이 사실이라면 론디움에 등장하는 몬스터들은 아블에게서 나온 거겠지.

“그럼 그 녀석이 론디움에 있는 몬스터들을 소환한 건가요?”

“네. 맞아요. 마침 제가 하려고 했던 말인데… 잘 알고 계시는군요.”

정리하자면 어떻게 된건지는 몰라도 아블은 론디움을 멸망시켰고 그 이후에 마계로 돌아갔었다.

그리고 여해가 지구로 갈 때 아주 우연히 다시 론디움으로 돌아오게 된 것이고.

랭크셔 제국 사람들의 염원이라도 들어주려고 했던 것일까? 그냥 우연의 일치인 것일까?

어떻게 된 일인지 몰라도 결국 데스나이트에게 부탁받은 복수를 할 수 있게 되었다. 이게 사필귀정이라는건가.

“일단 계속 이야기를 이어가자면 저는 아블과의 싸움

에서 큰 부상을 입었었습니다. 그에 반해 아블은 큰 부상은 입지 않았지만 힘을 잃은 채 저와 함께 봉인이 되어있었구요."

멜로스의 말에 사람들의 얼굴이 어두워지기 시작했다. 멜로스도 어마어마하게 강했는데 대체 그 안에 있는 아블이라는 놈은 얼마나 강하단 말인가?

무엇보다 총군 연합원들의 얼굴이 심하게 일그러지기 시작했다. 멜로스의 이야기를 들으며 능력자들의 세상을 만들겠다는 생각은 이미 사라진지 오래였다.

멜로스의 말대로라면 능력자들의 세상을 만드는 것은 파도가 밀려오는 바닷가에 모래성을 만드는 것과 같은 것이었다.

"그 상태에서 빠르게 힘을 회복한 아블은 몬스터들을 소환해서 론디움에 보내기 시작했습니다. 그리고 저는 빙하 속에서 아블을 막고 있다고 생각했지만… 그건 저의 착각이었습니다."

"무슨 착각?"

"그 놈이 힘을 회복하고 있는 줄 알았는데 그게 아니라 저마저 자신의 수족으로 부리기 위해 오랜 시간을 투자했고, 자신 대신에 제가 이렇게 인간들을 죽이고 마을들을 파괴하게 만들었죠."

멜로스의 두 눈가에 촉촉한 눈물이 고이는 것 같은 건 내 착각인가?

눈물까지는 고이지 않았어도 멜로스가 정말로 미안해하고 있다는 게 느껴졌다.

"그럼 저희가 할 수 있는 건 어떤 겁니까? 블루 드래곤인 당신도 해내지 못한 일인데…."

임동호는 서벨리 빙하에서 항상 사냥을 하며 충분히 아블을 이길 수 있을 정도로 강해졌다고 생각해왔다. 자신은 혼자가 아니니까.

하지만 현실의 벽은 높았다. 네 사람의 협공으로 블루 드래곤조차 이기지 못했는데 그 블루 드래곤보다 더 강한 아블을 잡아야 하다니.

"제가 뭐라고 할 말은 없습니다만. 한 가지 가장 승산이 있는 방법이라면 지금 당장 그 녀석을 잡으러 가는 겁니다. 그 놈은 몬스터를 소환하고 저를 이렇게 만드느라 완벽하게 힘을 회복하지 못했으니까요."

그나마 눈꼽만큼 보이는 희망.

그런데 저기 있는 녀석들 때문에 그걸 바로 못 한단 말이야?

최수민이 총군연합을 쳐다보자 그들은 애써 최수민의 눈빛을 피하려고 하고 있었다.

"만약… 만약에 그 놈을 공격하지 않는다면 어떻게 되나요? 봉인되어 있다고 하지 않으셨나요?"

멀리서 이야기를 듣기만 하고 있던 오베르토가 멜로스에게 물어보았다.

"그 봉인을 제가 했는데 제가 여기 있으니 어떻게 되었을 것 같아요?"

멜로스의 말에 오베르토의 얼굴이 홍당무처럼 빨개지기 시작했다. 차라리 물어보지나 말지.

"이제 완벽하게 봉인이 풀렸으니 최대한 빠르게 그 녀석을 공격해야 합니다. 이 세계에 있는 가장 강한 사람들이 힘을 합쳐서요."

그러더니 멜로스가 레나를 한 번 쳐다보았다. 레나가 어마어마하게 큰 전력이 되었을 텐데 자신의 손으로 전력에서 제외시켜 버렸다.

게다가 자신의 몸도 믿을 수 없는 상황.

'결국 이 방법밖에 없는건가.'

이제 자신의 몸은 한계에 다가가고 있는 상태였다. 이제 몸에서 점점 힘이 빠지고 있었고 복부의 고통이 온 몸을 타고 전해지기 시작했다.

눈 앞을 보자 자신과 똑같이 생긴 사람이 자신을 바라보고 있었다.

'그래. 이 사람이면 가능할 것이다.'

멜로스는 큰 결심을 한 채 최수민을 불렀다.

"네."

그리고 최수민이 자신의 말에 대답을 하는 순간 멜로스는 자신의 손을 자신의 심장을 향해 박아넣었다.

◇

어… 어라? 저래도 되는 거야?

드래곤 하트가 제일 소중한 거 아닌가? 그런데 막 자기 손을 찔러넣어?

최수민뿐만 아니라 레나, 그리고 다른 사람들도 놀라긴 마찬가지였다.

동물중에 자살로 생을 마감하는 동물들도 있다고는 하던데 드래곤이 그런 생물이었던가? 그런데 레나까지 놀라는 걸로 봐서는 그건 아니고.

"커헉… 여기로… 오세요…."

멜로스는 거칠게 피를 토하며 최수민을 불렀다. 심장에 찔러넣었던 손에 멜로스의 심장이!

있을 줄 알았더니 그렇진 않았다. 대신 심장부근에 박아 넣었던 손이 엄청나게 푸른색으로 빛이 나고 있었다. 이토록 푸른색을 어디서 다시 구경할 수 있을까?

아직까지 레나에게 했던 행동 때문에 멜로스를 경계하고 있긴 했지만 이제 다 죽어가는 멜로스가 자신에게 해를 끼칠 것 같지는 않았다.

그렇게 최수민은 한걸음 한걸음 멜로스를 향해 천천히 걸어갔다.

"멜로스! 뭐하는 거야! 너… 드래곤 하트를…."

아무래도 멜로스의 손에 서려져있는 엄청난 푸른 색이

드래곤 하트인 모양. 아무래도 사람이 아니니 사람의 심장 같지는 않았다.

"레나…이게… 내가… 할 수 있는… 최선이야."

이제는 정말 숨이 넘어갈 것처럼 거칠게 숨을 몰아쉬는 멜로스.

"어떻게…저와 같은… 모습인지는… 모르겠지만… 당신의 심장은… 진짜 드래곤 하트가 아닐터… 이것을 받아서 힘에… 보태시길 바랍니다."

너무나도 애절하게 말하는 멜로스의 말에 왠지 감정이 동화되어 최수민의 눈에서 눈물이 한 방울 흘러내렸다.

멜로스의 움직임이 보였을 때처럼, 지금 멜로스가 느끼고 있는 감정이 너무나도 와닿고 있었다.

"네. 제가 꼭 아블에게 복수를 해드릴게요."

랭크셔 제국의 마지막 사람들의 복수. 그리고 멜로스의 복수까지. 이것으로 아블에게 복수를 해줘야할 필요성이 더 늘어났다.

근데 설마 저 손으로 내 심장을 쑤시려는건 아니겠지? 마지막 반전 카드같은거?

마지막까지 경계를 하는 눈빛을 느꼈는지 멜로스가 힘겹게 말을 꺼내었다.

"제 손만… 잡으면… 됩니다."

덥석.

그래 뭐 손만 잡는다고 뭔가 나쁜일이 생기기라도 하겠어?

멜로스의 말이 끝나자마자 최수민은 멜로스의 손을 잡았다.

슈우우웅.

멜로스의 손에 맺혀있던 파란 빛이 최수민의 손을 타고 손목, 팔, 어깨, 가슴을 지나 심장이 있는 곳을 향해 매섭게 달려가기 시작했다.

거스를 수 없는 엄청난 기운이 심장을 향해 달려가자 최수민의 몸이 그 기운을 거부하기 시작했다.

"으아아악!"

"멜로스! 너 마지막까지!"

고통스러워 하는 최수민의 모습을 본 레나가 멜로스를 향해 소리쳤지만 드래곤 하트에 있던 모든 기운을 최수민에게 전해준 멜로스는 이미 숨을 거둔 뒤였다.

이제 남은 것은 최수민의 상태가 안정되는 것을 기다리는 것 뿐.

"엘! 무슨 방법이 없어?"

답답했지만 지금 레나는 아무 것도 할 수 없는 상태. 그나마 도움을 요청할 수 있는 존재라고는 엘 밖에 없었다.

그러나 엘도 딱히 방법이 없다는 듯이 고개를 저었다.

"걱정하지 마세요. 지금 최수민의 마나로 소환된 저에게 아무런 해가 되는 게 없으니 최수민의 몸에 문제가 생기고 있는건 아닐 거에요."

엘의 말에 설득력이 있었기에 걱정하던 레나의 눈빛이 조금 차분해졌다. 그러나 최수민의 입에서 나오는 비명소리는 멎지 않았다.

최수민의 몸에 흘러들어간 멜로스의 기운은 갈 곳을 잃은 채 방황하고 있었다. 분명 비슷한 기운이 느껴지며 어딘가 갈 곳이 있을 것 같았는데 들어갈 구석이 없다.

심장부근에 도달한 멜로스의 기운은 새로운 드래곤 하트를 만들어보려고 했지만 이상한 기운이 최수민의 심장부근에 자리를 잡고 있었다.

쿠웅.쿠웅.

엉성하게 만들어진 드래곤 하트를 채우고 있던 티어린 제국 황제의 기운.

티어린 황제의 기운은 멜로스의 기운이 제자리를 찾아오기 위해 접근하자 밀어내기 위해 안간힘을 쓰고 있었다.

엉성하게 만들어져있는 드래곤 하트를 둘러싼 멜로스의 기운과 티어린 황제의 기운.

주인이 괴로워하는지도 모르고 치열하게 싸우는 두 기운 때문에 정작 최수민은 죽을 맛이었다.

'젠장. 결국 마지막에 나한테 넘긴 것이 좋은 것이 아니라 독이었구나!'

괜히 멜로스의 손을 잡았구나 하며 후회를 하는 동안 최수민의 몸 속에서 변화가 생기기 시작했다.

갈 곳을 잃었던 멜로스의 기운은 어거지로 만들어져있던 최수민의 드래곤 하트를 둘러싸기 시작했고 그대로 새로운 드래곤 하트를 만들어버렸다.

동시에 새로운 드래곤 하트를 가득 채워버리는 멜로스의 기운. 그리고 엉성한 드래곤 하트 안에 존재하고 있던 티어린 황제의 기운도 새로운 드래곤 하트를 인정하며 공존하기 시작했다.

드래곤 하트에만 존재하고 있던 마나는 이내 최수민의 온 몸으로 퍼져나가기 시작했고 제대로 만들어진 드래곤 하트는 이전보다 훨씬 더 힘차게 마나를 온 몸으로 돌리기 시작했다.

마치 대형차의 외관을 갖추고 있는 최수민의 몸을 굴리기 위해 억지로 박아넣었던 소형차의 엔진을 이제야 제대로 된 엔진으로 바꾸자 이제야 제 기능을 할 수 있게 된 것처럼.

이제 정말 드래곤 하트를 드래곤의 기운이 채웠고 엉성한 드래곤 하트를 채우고 있던 티어린 황제의 기운은 최수민의 온 몸을 돌아다니는 상태가 되었다.

지상 최강의 생명체 드래곤의 기운과 마왕을 쓰러뜨린 티어린 황제의 기운이 한 몸에 흐르고 있는 존재. 최수민은 이제야 그 모든 힘을 제대로 활용할 수 있게 되었다.

물론 외적인 부분에서는 이미 완성되어 있는 상태였기에 다른 사람들이 바라볼 때는 최수민이 어떻게 바뀌었는지 전혀 알 수 없었다.

그 모든 과정이 끝나자 최수민의 비명이 잦아들었다.

"괜찮아?"

"최수민 괜찮아?"

최수민의 비명이 멎자 임동호와 레나가 동시에 최수민에게 물어보았다.

"네. 괜찮아요."

그 어느때 보다 파란 빛으로 빛나고 있는 최수민의 눈빛. 게다가 파란빛으로 빛나던 머리카락도 평소보다 훨씬 밝게 빛나고 있는 것 같았다.

휘익.

왠지 모르게 힘이 넘친다는 느낌에 주먹을 쥐고 허공에 주먹을 날려보았다.

최수민의 주먹이 지나간 자리에 어렴풋이 보이는 파란 빛.

이번엔 검을 들어 검에 마나를 주입해 보았다.

슈우우웅!

폭발할 것 같이 거침없이 뿜어져 나온 마나가 최수민의 검을 타고 흘렀다. 검을 타고 나온 마나의 길이는 여느 때와 같았지만 검을 둘러싸고 있는 빛은 여느 때와 다르게 엄청나게 진한 빛으로 빛나고 있었다.

"무슨 일이 있었던 거야? 이 넘쳐흐르는 마나는 또 어떻게 된 거고?"

"저도 잘 모르겠어요."

하지만 하나는 확실하다. 이제 어떤 적을 만나도 이길 수 있다는 자신감이 생겼다.

그 적이 김진수든, 아블이든.

"이 때까지의 일들 모두 죄송합니다."

"앞으로는 하시는 일에 협조하도록 하겠습니다."

오베르토를 비롯한 총군 연합원들이 뜬금없이 최수민을 향해 고개를 숙였다.

총군 연합원들도 멜로스가 하는 말을 빠짐없이 들었기에 이제 그들이 해야할 일이 무엇인지 잘 알고 있었다.

봉인된 마법진을 지키는 일따위는 할 필요가 없었다. 멜로스가 얼마나 강한지 보았고, 그보다 더 강한 마족이 있다는 것을 알게 되었으니까.

그리고 봉인된 마법진을 지키려고 시간을 끌면 끌수록 그들이 살 수 있는 확률이 더 적어진다는 것도.

무엇보다.

"시키는 일은 뭐든지 다 하겠습니다. 론디움을 그리고 지구를 구하기 위해서요."

누구에게 고개를 숙여야할지도 잘 알고 있었다. 그렇지 않으면 아블이 아니라 당장 눈 앞에 있는 최수민에게 죽을지도 모르니까.

얘네 왜 이래? 갑자기 사람이 너무 바뀌니까 할 말이 없잖아.

그래도 잘 됐다. 안그래도 이제 한시가 급할 텐데 이 녀석들이 이렇게 협조적으로 나와준다면 편하게 봉인된 마법진을 해제할 수 있으니까.

"잘 됐군. 이제 봉인된 마법진에 대한 걱정을 덜었어. 당장이라도 가고 싶지만 길드원들에게 이 사실을 좀 알리고. 우리도 준비를 좀 해야지."

◇

하루 사이에 많은 일이 있었다. 여왕 개미도 잡고, 블루 드래곤은 정말 목숨을 걸고 잡고.

물론 그 과정에서 어마어마한 힘을 얻긴했지만 반대로 레나는 모든 힘을 잃어버린 상태.

"레나. 이번엔 편하게 집에서 쉬고 있으세요."

"아니야. 나도 싸울 수 있어."

"무리하지 마세요. 아까 걷는 것도 힘들어 보이던데."

"그래도…."

레나가 걱정된다는 듯 최수민을 쳐다보았다. 멜로스의 힘까지 완벽하게 얻은 최수민이었지만 걱정이 되는건 마찬가지였다.

"미리 힘을 회복해둬야죠. 티어린에 나타난 마왕을 물리치러 가야한다고 했잖아요. 이제 아블만 물리치면 갈 수 있을 거에요. 그러니까 여기서 푹 쉬고 있으세요."

최수민의 말에 레나의 표정이 미묘하게 변하기 시작했다. 그러더니 무언가를 말할 듯 말 듯 고민하고 있는 표정.

"왜요? 하고 싶은 말 있어요?"

"아무래도 티어린으로 다시 돌아가면 안 될 것 같아."

이게 무슨 소리지? 티어린에 여해를 데리고 가기 위해서 왔다가 대안으로 나를 데리고 가려고 이때까지 나를 쫓아 다녔던 게 아니었나?

"그게 무슨 소리에요? 왜 갑자기…."

"아까 멜로스가 하는 말 너도 들었잖아. 누군가가 다시 티어린에 건너가면 그에 맞는 마족이 등장하게 되겠지. 그럼 결국 우리가 티어린으로 가게 되는 보람이 없게 되는 거고."

맞는 말이긴 하다. 방정식으로 말하자면 양 변에 똑같은 숫자를 더하는 거나 마찬가지.

"그래요? 아직 시간은 많이 남아있으니 충분히 생각해보세요."

"아니야. 이미 생각은 많이 해봤어. 돌아가는 일은 없을 거야."

가지고 있던 힘을 잃은 상태라 레나의 생각이 평소같지 않다는 생각을 하며 레나와의 대화를 끝냈다.

레나는 심란한 듯 평소에 좋아하던 스마트폰을 만지지도 않은채 최수민에게 다가왔다. 하긴 목표를 잃은거나 마찬가지니 심란할 수 밖에.

"아참. 엘한테 들었는데 아까 나한테 니 피를 먹였다면서?"

어라. 그걸 또 레나에게 말했구나.

안그래도 체력 회복 물약같은 것도 트롤의 피로 만들어져있다고 절대 안 마시려고 하던 레나였는데.

"아… 그 땐 정말 다른 방법이 없다고 생각해서."

"고마워."

레나의 입에서 예상치 못했던 말이 나왔다. 마나를 회복하기 위해 먹었었던 마나 회복 물약들마저 정체를 알고 나서 엄청나게 싫어했던 레나였는데.

"뭘 그런 거 가지고. 레나가 제 입장…."

최수민이 말을 이어가지 못하게 갑자기 레나가 입을 맞춰왔다.

이거 뭐야? 갑자기 무슨 상황이야?

최수민 그의 나이 24살하고도 몇 개월. 입술에 닿는 것이라고는 음식말고는 없었던 그의 입에 부드러운 레나의 입술이 닿는 순간 모든 사고가 정지되었다.

지금 레나가 나한테 입을 맞춘 건가? 다른 누구도 아니고 레나가?

"지금은 내가 힘을 잃은 상태라 해줄 수 있는게 이것밖에 없네. 내가 없어도 무리하지 말고. 조심해."

굳어버린 최수민과는 달리 레나는 아무렇지도 않다는 듯 그대로 돌아선 채 침대를 향해 걸어가더니 누워서 이불을 덮었다.

그로부터 10분 후. 드디어 정신을 차린 최수민은 겨우 침대로 가서 잠을 청할 수 있었다.

◇

"여보세요?"

"준비해. 1시간 후에 출발할 거니까."

여전히 용건만 간단히 말하는 임동호. 시계를 보니 아직 해가 뜨기도 전인 6시였다.

그런데 왜 옆에 누가 있는 것 같지?

정신을 차리고 옆을 돌아보니 어느새 레나가 최수민의 옆자리에 누워 최수민의 허리를 붙잡은 채 잠을 자고 있었다.

평소에 가지고 있던 힘을 모두 잃은 탓일까 불안함에 떠는 모습으로.

레나에게서 빠져나온 최수민은 순식간에 나갈 준비를 하고 임동호가 있는 곳을 향해 출발했다.

론디움 최후의 날이 밝았다.

◇

쿵. 쿵.

거대한 빙하의 일부가 무너지며 바다에 떨어지자 집채만 한 파도가 그 곳을 덮친다.

쏴아아아.

거대한 파도가 덮친 장소에 서 있던 4명의 사람들은

아무렇지도 않다는 듯 서있었고 그 곳을 향해 한 명의 남자가 걸어나왔다.

"축하드립니다."

"봉인에서 풀린 것을 축하드립니다."

걸어나온 남자의 정체는 아블. 항상 붉은 두 눈만 돌아다니던 그의 몸은 한 마리의 야수같았고 몸에서 느껴지는 기운은 감히 짐작할 수 없을만큼 거대했다.

"그래. 인간들이 블루 드래곤을 해치울 수 있을 거라고는 전혀 상상도 못했었는데. 어떻게 보면 인간들이 나를 도와준 셈인가."

놀랐다는 듯이 말을 했지만 아블의 얼굴은 평온했고 미소가 흐르고 있었다.

"그럼 이제 어떻게 하실 계획입니까?"

아블의 봉인이 풀릴 때까지 기다려왔던 상급 마족들. 중급 마족들과 하급 마족들도 있었지만 그들은 최수민이 봉인된 마법진을 없애며 결계가 사라질 때 이미 론디움을 공격하기 위해 떠나갔었기에 상급 마족 4명밖에 남아있지 않았다.

"무엇을 할 계획이라."

아블이 천천히 앞으로 걸어나갔다. 걸어나가던 아블은 몇 발자국 걷지 못하고 자신의 앞을 가로막는 결계에 의해 걸음이 막혔다.

"우선 이것부터 처리를 해야겠지."

중급 마족이, 그리고 상급 마족들이 부숴보려고 노력을 했었던 결계. 그 결계 앞에선 아블의 양 손에 암흑 마나가 모이기 시작했다.

우우웅.

결계를 진동시키는 소리. 상급 마족들이 아무리 노력해도 꿈쩍도 하지 않던 결계에서 이상한 소리가 나기 시작하자 상급 마족들이 기대에 찬 눈빛으로 아블을 바라보기 시작했다.

"아무래도 안되겠군. 내 힘으로도 파괴가 불가능한 결계야."

"방금 봉인에서 풀려서 아직 힘이 제대로 돌아오지 않아서 그럴지도 모릅니다. 나중에 다시 한 번 시도해보시죠."

"그래. 아니면 인간들이 이 결계를 부수는 게 더 빠를지도 모르겠군. 블루 드래곤도 쓰러뜨린 놈들이니까."

이제 갓 봉인에서 풀린 아블은 서두를 필요가 없었다. 천천히 인간들이 결계를 부숴줄 때까지 힘을 회복하고 있을 생각으로 아블은 천천히 자리에 앉았다.

◇

아침부터 언론은 똑같은 주제의 기사들로 도배되어 있었다.

[론디움 최후의 날.]

[능력자들의 마지막 날. 과연 지구는 안전한가?]

대부분의 내용은 비슷했다. 블루 드래곤이라는 최강의 몬스터는 최수민의 손으로 끝을 냈다. 그리고 그보다 강한 몬스터가 나타나기전에 론디움에 있는 마지막 봉인된 마법진을 해제하기로 했다는 것.

그리고 그 과정에 더 이상 총군 연합은 방해를 하지 않을 것이며 최수민이 봉인된 마법진을 해제하기 전까지 나타날지 모르는 몬스터들을 지구에서 처리하고 있을 예정이라는 것까지.

대부분의 기사에는 최수민이 했었던 인터뷰 내용이 길게 나열되어 있었다.

총군 연합이 비록 능력자들의 세상을 만들겠다는 망언을 하기는 했었지만 이때까지 지구를 지켜왔던 것도 인정을 해주어야 한다고.

물론 이 부분에서는 사람들의 의견이 갈렸지만 대부분의 사람들은 최수민의 말을 인정했다.

어차피 힘을 잃을 사람들이기에 더 이상 걱정할 필요는 없다는 반응. 그리고 이때까지 지구를 지켜준것도 사실이기에 더 이상 왈가왈부할 것이 없었다.

물론 이 인터뷰를 공짜로 해준 것은 아니었다. 오베르토가 자신이 받았던 돈의 반을 최수민에게 주기로 하고 최수민에게 부탁을 했던 것.

덕분에 최수민은 남들은 상상도 하지 못할 정도의 부를 거머쥐게 되었다.

"그럼 우리 계획은 어떻게 되는 거죠? 그냥 저 혼자 봉인된 마법진을 해제하고 나머지 사람들은 아블을 기다리고 있겠다 이런 계획은 아니겠죠?"

최수민의 말에 아무도 대답을 하지 않았다. 뭐야 진짜 그런 계획이었어?

"비슷해. 어차피 봉인된 마법진은 레나가 없으니 혼자만 들어갈 수 있을테고. 상급 마족이랑 싸울 수 있는 전력 하나가 아쉬우니 상급 마족과 싸울 수 있는 사람은 서벨리 빙하로. 상급 마족과 싸울 수 없는 사람은 너와 함께 던전으로 가서 몬스터들을 잡아서 최대한 빨리 봉인된 마법진에 도달할 수 있게 하는 거지."

임동호의 계획을 들어보니 임동호의 말이 맞다. 상급 마족을 상대할 사람이 하나라도 더 있으면 좋겠지. 하지만 이번에 던전을 가는 길은 조금 외로울 것 같군. 레나도 없고 임동호도 없고.

"나 정도는 같이 갈까 생각은 했는데. 말리는 사람들이 너무 많아서 도저히 안되겠더라."

임동호의 표정을 보니 예의상 하는 말이 아니라 정말로 아쉬워하는 것 같았다.

그도 그럴 것이 김진수가 마지막 봉인된 지역에 오면 모든 걸 알려준다고 했었는데 따라가지 못하기 때문이었다.

'아마 내가 따라가지 못하면 김진수와 최수민은 100프로 싸울테고, 블루 드래곤을 해치우고 더 강해진 최수민이 이기겠지.'

그렇게 되면 이제 김진수에게서 직접 진실을 들을 수가 없을 것이다. 하지만 진실보다 상급 마족을 해치우는 것이 더 중요했기에 진실을 듣는 것을 포기할 수 밖에 없었다.

"자 그럼 이렇게 이야기를 계속할 시간도 없으니 빨리 출발하자고."

평소와 다르게 모두의 얼굴이 심란해보였지만 임동호는 더 이상 말을 하지 않았다.

다들 론디움 최후의 날이 끝나게 되면 능력자의 힘을 잃게 되는 것을 알고있었지만 실제로 그 날이 다가오자 심란함을 숨길 수가 없었다.

하지만 모두가 자신이 무슨 일을 해야할지 알고 있었기에 그 심란함을 표현하지 않았을 뿐.

임동호의 말이 끝나자 무력 길드 건물에 있던 사람들이 하나 둘씩 론디움으로 떠나가기 시작했다.

◇

그랜드 캐니언을 연상시키는 어마어마한 협곡. 붉은 바위들이 사방을 둘러 싸고 있는 곳에서 30명이 넘는 사람들이 빠르게 이동하고 있었다.

5미터가 넘는 바위를 한 번에 뛰어넘기도 하고 거리가 10미터도 넘는 거대한 바위들 사이를 한 번의 점프로 도약하는 사람들.

그 중에서도 최수민이 가장 앞서서 뛰어가고 있었다.

'생각해보니 나도 이렇게 바위를 뛰어넘고 자동차보다 빠르게 달릴 수 있는 게 오늘이 마지막인가?'

이제 이 힘을 잃고나면 5미터가 넘는 바위는커녕 1미터가 넘는 바위를 한 번에 뛰어넘기도 힘들테고 자동차 없이 이런 협곡을 가로지른다는 것 자체를 상상도 못하겠지.

"저깁니다."

한참을 달려가던 중 무력 길드원 하나가 협곡 사이를 가리켰다. 거대한 협곡속에 있는 던전의 입구. 저 던전을 처음 발견한 사람은 대체 어떻게 발견한걸까?

"저희가 먼저 몬스터들을 처리하면서 갈테니 따라오시면 됩니다."

"제가 혼자 해도 되는데. 길 안내를 해주셨으니 돌아가셔도 됩니다."

"아니에요. 봉인된 마법진을 해제하고 나서 바로 서벨리 빙하로 가셔야 하는데 최대한 힘을 아끼셔야죠."

그랬었지. 혼자 두 탕 뛰어야하니까 이렇게 많은 사람들을 붙여준거고. 어차피 이렇게 된거 마지막 날 열심히 싸워보자.

이왕 열심히 싸우기로 한거 던전에 있는 몬스터들도 열정적으로 잡아보겠다는 마음으로 최수민이 가장 먼저 던전으로 들어갔다.

"뭐야? 이번엔 또 누구야?"

던전 안에 들어가자 보이는 것은 던전을 가득 채우고 있는 몬스터들의 시체들. 인간같이 생겼으나 특이하게 팔이 4개가 있는 몬스터들이었다.

4개의 손에는 각자 다른 종류의 무기를 가지고 있는 녀석들.

"누가 이렇게 아수라들을 다 잡은거지? 아무래도 여기 다른 사람들이 있나본데요?"

네. 그건 말을 안해주셔도 알아요.

그런데 누구지? 총군 연합은 분명 여기에 오지 않을 거라는 약속을 받았는데.

고민은 길게 이어지지 않았다. 생각을 좀 해보려고 하는 순간 정답을 알려줄 수 있는 사람이 바로 최수민의 눈앞에 나타났다.

"드디어 도착했군. 너무 늦은 거 아닌가? 블루 드래곤은 어제 처리했다고 들었는데."

한 자루 검에 의지하여 서있는 한 남자. 정체를 물어보지 않아도 알 수 있을만큼 눈이 빨갛게 빛나고 있었다.

"자유 길드? 너희를 잊고 있었군. 항상 봉인된 마법진을 해제하러 갈때면 항상 너희가 있었다고 했었지."

비록 만난 건 한 번 밖에 없지만 임동호에게 듣기로는 그 전에도 자유 길드원들이 총군 연합원들과 싸워준 덕분에 일이 쉽게 해결되었다고 했었지.

"시간이 얼마 없다고 들었는데. 이야기는 이쯤하고 바로 시작하지."

그 남자의 검에는 아수라에게서 나온 피가 잔뜩 묻어있는 상태였다. 아직까지 피가 굳지 않은걸로 봐서는 방금까지도 아수라를 잡고 있었던 모양.

"아. 일단 하나만 물어보자. 김진수도 여기 있는 건가?"

"나를 쓰러뜨리고 4층까지 가면 만날 수 있을 거다."

남자는 대답을 한 후에 최수민과 싸울 자세를 잡기 시작했다.

"저 놈이 몬스터를 다 잡았으니 저 놈을 부탁합니다. 저는 4층까지 빨리 가봐야겠네요."

그러나 최수민은 눈 앞에 있는 남자에게 전혀 관심이 없다는 듯 남자를 무력 길드원들에게 부탁한채 길을 걸어가기 시작했다.

"어딜 가는 거냐!"

"아. 조무래기한테는 관심이 없어서. 내가 지금 힘을 아껴야 하는 상황이거든."

최수민의 말을 들은 남자의 얼굴이 붉으락푸르락해진다. 자신을 무시해도 정도가 있지 조무래기라니.

"이봐. 최수민씨가 하는 이야기 못 들었어? 네놈의 상대는 우리가 한다."

무력 길드원들이 자유 길드원을 둘러싸기 시작했다. 최수민말대로 조금이라도 최수민의 힘을 아끼는 것을 도와주기 위해 던전에 따라왔기에 지금 눈 앞에 자유 길드원은 무력 길드원들이 해치워야할 몫이었다.

"허참. 딱 봐도 약해보이는 놈들이 머리수만 믿고 덤벼보려고? 상대와의 실력차를 가늠하지 못하는 것들이."

조무래기라고 불려진 자유 길드원은 진짜 조무래기들이 자신을 상대하려고 하는 모습을 보고 한숨을 내쉬었다. 그리고는 검지 손가락으로 까딱 거리며 한 번 공격해보라고 도발을 했다.

"상대는 아수라들을 혼자 몰살시킬 정도로 강하다. 다들 한 번에 해치운다는 생각으로 전력을 다해라."

지금 던전에 있는 무력 길드원들 중 가장 강한 한 남자가 소리침과 동시에 30명의 사람들이 한 번에 자유 길드원을 향해 달려갔다.

휘이익.

쉬이익.

수십 개의 무기가 허공을 수놓는 소리. 단 하나의 공격도 빠짐 없이 모두가 허공을 갈랐다.

푸욱.

"커억."

모두의 공격이 허공을 가른 후 무력 길드원 중 한 사람이 피가 흘러나오는 목을 움켜쥐며 앞으로 쓰러졌다.

"개미 30마리가 덤빌 때는 상대가 어떤 수준인지 파악하고 덤벼야지. 어디서 개미 30마리가 코끼리한테 덤벼들어."

무력 길드원들은 자유 길드원의 움직임을 한 번 보고는 몸이 굳어버렸다. 전혀 보이지도 않았는데 동료중 하나가 싸늘한 시체로 변해버렸다.

"걱정하지 마. 오늘은 날이 날인만큼 내가 사람을 죽이고 그러는데 관심이 없거든. 내가 단지 관심이 있는건 저 최수민을 상대하는 것 밖에 없어."

만약 무력 길드원들을 죽이려고 했다면 정말 다 죽이고도 남았을 텐데 자신의 말이 사실이라는 듯 자유 길드원은 아무런 행동을 하지 않고 있었다.

"뭐해? 빨리 최수민을 다시 불러오지 않고? 갑자기 마음이 바뀌기 전에 빨리 불러와."

말을 마친 채 가만히 서있는 남자.

"어떻게 할까요? 다시 공격을 할까요? 아니면 최수민씨를 불러올까요?"

"어떻게 하긴. 방금 공격 못봤어? 우리 수준으로는 상대할 수 있는 사람이 아니야. 그렇다고 해서 우리를 얌전히 보내줄 것 같지도 않고."

"그럼 제가 불러오겠습니다."

이야기를 마치고 최수민을 부르러 가는 무력 길드원을

가만히 바라만 보고 있는 자유 길드원. 그의 얼굴에는 옅은 미소가 지어져있었다.

'그래. 아무리 그래도 이런 조무래기들 상대로는 죽어줄 수가 없지.'

2분 후, 2층을 향해 걸어가고 있던 최수민이 다시 자유 길드원이 있는 곳으로 돌아왔다.

"뭐야? 조무래긴줄 알았는데 꽤 실력이 있었나보네?"

"상대의 실력도 제대로 파악하지 못하는 녀석이었군. 블루 드래곤을 쓰러뜨린 건 운이었던 건가?"

"상대의 실력? 그건 처음 봤을 때부터 알아봤지."

최수민이 보기엔 자유 길드원이나 무력 길드원이나 자신에 비해서 모두 한참 부족한 상대.

그렇기에 그들 중 누가 얼마나 약한지는 알지 못했다. 다만 최수민 자신보다 한참 약하다는 것 정도만 알 수 있을 뿐.

"그래? 정말 내가 조무래기로 보였나보군."

말을 마치자 마자 쇄도해오는 남자의 검.

'왜 이래? 생각보다 훨씬 약하잖아?'

데스나이트의 검. 멜로스의 공격. 김진수의 공격.

지금 공격해오는 남자와 차원이 다른 사람들의 공격들을 봐왔던 최수민에게 날아오는 남자의 검은 마치 정지 화면처럼 보였다.

이런 공격을 그대로 맞아주는 것도 예의가 아니지.

최수민의 눈 앞까지 다다른 공격. 그 때까지 아무런 동작을 취하지 않고 있던 최수민이 그제서야 검을 꺼내들었다.

푸욱.

사람들의 눈 앞에 파란 빛 줄기가 잠시 나타났다가 흩어졌고 빛 줄기가 사라지는 순간 자유 길드원의 가슴팍에서 피가 뿜어져 나왔다.

"자. 2층으로 가시죠."

2장. 김진수

2장. 김진수

서걱.

최수민의 검이 푸른 빛을 흩뿌리며 길을 막고 있던 자유 길드원들 중 한 명의 몸을 반으로 갈라놓았다.

"하나만 물어보자. 3층에도 이런 식으로 길을 막고 있고, 4층에는 김진수 혼자만 기다리고 있는 거냐?"

이미 싸늘한 시체가 되어버린 자유 길드원 2명의 시체가 옆에 놓여져 있었고 마지막까지 남아 있는 자유 길드원에게 질문을 던졌다.

2층에 와서도 몬스터들은 구경할 수 없었고 보이는 거라곤 몬스터들의 시체들, 그리고 2층을 지키고 있는 자유 길드원들이었다.

1층과 같이 무시하고 지나가려고 했으나 아무래도 무력 길드원들의 실력으로는 상대할 수 없을 것 같아 이번에는 최수민이 직접 상대하고 있는 상황이었다.

그런데 대체 이 놈들 뭐하려고 이러고 있는 거지? 나를 잡으려고 하는게 목표였다면 김진수가 처음부터 기다리고 있던지 아니면 자유 길드원들이 한 번에 기다리고 있어야 하는 거 아닌가?

심지어 몬스터들을 다 정리해놓은 상태로 기다리고 있는 듯한 느낌이란 말이야. 몬스터들을 잡을 수고를 덜어주는 것 같기도 하고.

무엇보다 평소처럼 자유 길드원들이 죽을 때가 되면 어디론가 소환되지가 않았다. 물론 평소와 다르게 한 번의 공격으로 자유 길드원들을 쓰러뜨리고 있긴 했는데.

아무리 생각해도 의심스러운 게 한두가지가 아니었다. 무력 길드원들은 건드리지도 않고 최수민과 싸우려고 고집을 부리고 있는 것도 이상했다. 아무래도 답은 김진수가 줄 수 있는거겠지.

“직접 가서 확인을 해봐라. 블루 드래곤을 직접 해치웠다는게 헛소문이 아니었군. 임동호나 다른 사람들의 도움을 받아서 겨우 해치웠을 거라고 생각했는데.”

그렇지. 레나의 도움을 받긴 했지. 뭐 그래도 결과적으로 멜로스를 물리친 건 내손으로 하긴 했는데. 그게 그렇게 중요한가?

"그래. 그럼 직접 확인하러 갈테니 길을 좀 내주지?"

"그럴 순 없지."

마지막까지 남아 있던 자유 길드원이 단창을 들고 최수민을 향해 달려왔다.

하지만 여전히 결과는 같았다. 너무 느린 움직임은 최수민이 긴장감을 느끼게 하기에 턱없이 부족했고 막아낼 가치조차 없었다.

푸욱.

또 한 번 한 방의 공격으로 끝을 내는 최수민.

하지만 공격 후에도 의문이 드는건 여전했다. 이거 힘을 소모시키려고 한다고 보기에도 너무 약한 놈들이란 말이야? 아니면 내가 그만큼 강해진건가?

분명 멜로스의 드래곤 하트를 받은 후에 강해지긴 했지만 이정도 일줄이야.

"와… 진짜 대단하세요. 저희는 자유 길드원의 공격조차 보이지도 않았는데… 순식간에 쓰러뜨리시다니."

"이렇게 강해지기 위해서 노력하셨을 텐데 이제 능력자들이 힘을 잃게 되면 참 아깝겠어요."

아깝긴 하다. 이제야 엄청나게 강해졌는데 곧 모든 힘을 잃게되다니. 하지만 김진수에게 복수를 하고 랭크셔 제국, 그리고 멜로스의 원한을 갚아줄 수만 있어도 그걸로 괜찮은 거겠지.

"여러분은 여기서 돌아가시는 게 좋을 것 같아요."

"왜 갑자기 또 그러시는 거에요? 아까도 말했던 것처럼 저희가…."

"아니에요. 3층에도 자유 길드원들이 몬스터들을 정리해 뒀을테고 4층에도 김진수가 몬스터들을 다 정리해두었을 겁니다."

추측이 아니라 확신.

100%의 확률로 확신할 수 있었다. 무슨 의도인지는 몰라도 자유 길드원들이 몬스터들을 다 정리해두고 자신을 기다리고 있는중이다.

혹시나 자유 길드원들과의 싸움에서 30명에 달하는 무력 길드원이 인질로 잡히는 일이 생기지 않도록 보내려고 하고 있었다.

"그래도 만약이라는 게 있지 않습니까?"

"그 만약이라는 것 때문에 제가 여러분을 보내려고 하는 겁니다. 그 놈들이 혹시나 여러분을 인질로 잡지 않을 것이라는 보장이 없잖아요."

최수민이 알고 있는 자유 길드원들이라면 인질을 잡는 일을 하고도 충분한 녀석들이다.

"네. 알겠습니다. 저희가 신경쓰여서 제대로 싸우지 못하면 그게 더 큰일이니 서벨리 빙하로 가보도록 하겠습니다."

최수민은 무력 길드원들이 떠나가는 모습을 본 후 3층을 향해 달려갔다. 이제 걱정해야할 무력 길드원이 없으니 빠르게 돌파할 생각으로 3층에 도착하자마자 자유 길드원들을 찾기 시작했다.

◇

"으윽. 생각보다 훨씬 강하군. 내 죽음이 헛되지 않게 잘 부탁한다."

이건 또 무슨 소리야? 죽음이 헛되지 않으려면 처음부터 나쁜짓을 하지를 말지.

던전 3층에도 최수민의 예상대로 몬스터들은 존재하지 않았다. 다만 자유 길드원들이 대기하고 있었을 뿐.

그리고 그들은 다른 자유 길드원들처럼 최수민을 향해 덤벼들었다. 실력차가 있는 것을 알고 있음에도 도망가지도 않았고 단체로 덤벼들지도 않았다.

한 번에 한 명씩, 질서정연하게 최수민에게 덤벼들었고 결과는 최수민 주변에 싸늘한 시체로 변할 뿐이었다.

무엇보다 이상한 것은 이놈들 레벨에 비해서 너무 형편없이 약하단 말이야? 엄청나게 좋은 스펙의 스마트 기기를 아무것도 모르는 사람이 사용하는 듯한 느낌?

대체 이 놈들 어떻게 이렇게 레벨을 올린거지?

"헛된 죽음이고 자시고 무엇 때문에 이 짓을 하고 있는 거냐? 김진수를 만나면 설명해주는 건가?"

"그래. 4층에 가서 길드장님을 이긴다면 진실을 들을

수 있다."

다 죽어가면서도 착실하게 최수민의 말에 대답해주는 자유 길드원. 대체 이 녀석들 목적은 뭐란 말인가. 기껏 몬스터들을 다 잡아놓고 목숨을 던지는 놈들.

자유 길드원들이 평소에는 하지도 않던 짓을 하고 있으니 답답해 미칠 지경이었다.

자, 생각해보자. 이 놈들이 몬스터들을 잡아두고 길을 열어주면서 얻는 이익이 무엇인지.

분명 죽어도 론디움이 사라지면 다시 살아난다고 했으니 미리 죗값을 치루기 위함인가? 그렇다면 여기서 죽을게 아니라 사람들이 많은 곳에서 죽어야 할 텐데?

[레벨이 올랐습니다.]

4층으로 걸어가며 생각에 잠겨있을 때쯤 레벨이 올랐다는 메시지가 최수민의 눈 앞을 가려왔다.

어느새 자유 길드원들을 죽이며 이 곳에서만 벌써 5개의 레벨을 올린 상태였다. 이제 700레벨이 넘어 레벨을 올리기가 어마어마하게 힘든 상태였는데도 자유 길드원들은 어마어마하게 많은 경험치를 주고 있었다.

[최수민]

레벨 : 711

직업 : 잡종 드래곤

– 수백 가지의 약물로 인해 몸 속에 몬스터들의 유전자가

돌아다니고 있다. 파괴되었던 심장은 드래곤 하트로 완벽하게 변하였으며 몸 속에 흐르는 유전자는 드래곤 하트의 통제를 완벽하게 받고 있다.

얼마 전부터 상태창을 열어보면 상태창이 예전과 다르게 매우 간략해진 상태였다. 레벨과 직업만이 나오고 직업에 대한 간단한 설명만 나오고 있다.

스텟도 사라지고 스킬까지도 모두 사라진 상태.

이제 론디움에 망조가 들어서 그런가? 대부분의 사람들도 다 이런 일을 겪고 있는 건 아니겠지? 그냥 스킬 같은 것은 계속 쓰다보니 체화되어서 그런 걸까?

하여튼 상태창은 상당히 성격이 급한 것 같단말이야. 아직 최후의 날은 멀었는데 벌써 이렇게 사라질 준비를 하고 있는 건지.

그건 그렇고 이 녀석들 일부러 레벨을 올리게 해주려고 그러는 건가?

언젠가 임동호에게 들었던 이야기가 생각이 났다. 론디움에서 능력자들을 죽이면 몬스터들을 죽이는 것보다 경험치가 훨씬 많이 오른다는 것.

그래서 능력자를 사냥하는게 몬스터들을 사냥하는 것 보다 훨씬 레벨이 올리기 쉽다던 그 말.

그런데 왜 이제 와서 자유 길드원들이 이런 일을 하고 있는거지?

의문이 꼬리에 꼬리를 물고 계속 늘어날 때쯤 최수민은 4층에 도착했다. 이제는 몬스터가 보이지 않는 것이 당연하게 여겨질 정도로 4층에도 몬스터가 하나도 없는 쾌적한 환경이 펼쳐져 있었다.

자 이제 남은 것은 김진수를 찾는 것인가. 길을 헤맬 필요도 없었다. 누군가가 암흑 마나를 잔뜩 흘리고 있었으니까.

얼른 자신을 찾아오라는 것처럼 대놓고 암흑 마나를 흘리고 있었기에 최수민은 네비게이션이라도 있는 것처럼 암흑 마나가 흘러나오는 곳으로 거침없이 걸어갔다.

한 걸음, 한 걸음 옮길때마다 최수민의 가슴이 두근거리기 시작했다. 이번에야 말로 김진수에게 복수를 할 수 있는 기회.

충분한 힘도 얻었고 김진수가 여기 있다는 것도 확인했다. 이번에는 저번처럼 봉인된 마법진에 들어가지 않기위해 김진수를 멀찌감치 유인해서 싸울 계획까지 마쳐놓았다.

두근거리는 가슴과 함께 하는 걸음은 점점 빨라지기 시작했고 이내 김진수가 있는 곳에 도착할 수 있었다.

자유 길드원들이 더 있을줄 알았는데 3층까지 분포해있던 사람들이 전부인가?

"임동호는 어디가고 너 혼자 온 거냐? 분명 내가 임동호보고 여기로 오라고 말을 했었는데."

김진수는 주변을 두리번거리고있는 최수민을 보자마자 임동호부터 찾기 시작했다. 분명히 말을 전했는데 나타나지 않다니.

“너같이 한가한 사람이 아니라서 말이지. 론디움 최후의 날이 다가오는데 마족과 싸울 생각을 하지 않고 이렇게 마지막까지 던전에 틀어박혀 있을줄이야.”

뭐 그 덕분에 론디움 최후의 날이 오기전에 김진수를 쓰러뜨릴 수 있게 되었지만.

최수민의 얼굴에 점점 미소가 번져갔다. 예전에 김진수를 만났을 때처럼 김진수에게서 위압감은 느껴지지 않았다.

가장 최근에 만났을때도 김진수를 상대하기 전에 조그마한 불안감을 가지고 시작했지만 이번에는 그런 불안감조차 느껴지지 않았다. 그만큼 최수민은 드래곤 하트를 물려받은 이후 자신의 힘에 자신이 있었다.

“그것보다 왜 이런 일을 하는 거지? 길드원들을 그냥 버려둔 것 같던데?”

“만화에서 많이 봐서 식상할지 모르겠지만 진실을 알고 싶다면 나를 이겨라. 그럼 모든 걸 알려주지. 블루 드래곤을 해치웠다는 실력이 어느정돈지 볼 수 있겠군.”

말을 끝내자 마자 검을 꺼내 싸울 준비를 하는 김진수. 지난 번과 다르게 이번에는 시작부터 최수민의 실력을 인정하고 검을 꺼내들었다.

그리고 검을 감싸고 드는 거대한 암흑 마나. 그러자 김진수에게서 느껴지지 않던 위압감이 조금이나마 다시 생기는 느낌.

그러나 김진수에게 질 것 같다는 생각은 전혀 들지않았다. 단지 조금 상대하기 껄끄러워졌구나 하는 정도의 생각.

"한 방에 죽지 않게 조심해라. 나도 너희가 왜 이런 일을 하고 있는지 궁금하거든."

던전에서 있었던 자유 길드원들과의 싸움을 떠올리며 김진수에게 경고를 하자 김진수는 자존심이 상한 듯 검을 들고 빠르게 쇄도해왔다.

"건방진 자식."

김진수의 몸이 검과 하나가 된 것처럼 공기를 가르며 빠른 속도로 달려왔다. 그리고 이내 최수민의 가슴을 향하는 김진수의 검.

자유 길드원들의 검과는 다르게 쉽게 궤적이 보이지 않는 검. 그래 이거지. 이래야 그나마 싸울 맛이 나지 않겠어?

게임을 해도 너무 쉬운 게임은 재미없는 것처럼 이때까지의 싸움은 너무 쉬웠다. 뻔히 보이는 공격에 한 번 반격을 하면 끝나는 싸움들.

몸 풀기보다는 오히려 김이 새어버리는 싸움들이었지만 지금 김진수의 공격은 다른 자유 길드원들과 확실히 달랐다.

하지만.

까앙.

김진수의 공격을 검으로 쳐낸 후 김진수의 어깨를 향해 빠르게 검을 내질렀다.

푸욱.

김진수의 어깨를 정확히 관통한 후 검을 뽑아냄과 동시에 왼쪽 주먹으로 김진수의 안면을 가격했다.

좋아. 이거지. 시원한 타격감. 십년 묵은 체증이 내려가는 느낌이야.

최수민의 얼굴에 미소가 번져가고 있었다. 그토록 한 방 먹이고 싶었던 김진수에게 무려 두 번의 공격을 연속으로 성공시켰으니까.

"어떻게 이렇게 짧은 시간에 이 정도로 강해진 거지?"

김진수는 두 번의 공격을 허용하고도 태연하게 최수민에게 질문을 던졌다. 하지만 얼굴에는 놀라움이 번져가고 있었다.

"내 어깨에 달려있는 짐들이 많아서 말이야. 너한테 해야할 복수를 포함해서."

말을 끝낸 최수민이 김진수를 향해 검을 들고 달려갔다. 복수의 시간이 다가왔다.

◇

푸욱.

다시 한 번 최수민의 검이 김진수의 복부를 꿰뚫었다. 김진수가 방어를 하기도 전에 매섭게 들어가는 최수민의 공격.

불과 몇 일 전까지만 해도 김진수에게 닿지 못했던 공격이 이제는 당연한 것처럼 김진수의 몸을 꿰뚫고 있었다.

"지금 봐주는 거야?"

까앙.

이번엔 간신히 최수민의 공격을 막아내는 김진수. 분명 몸을 둘러싸고 있는 암흑 마나의 양으로 보아서는 봐주는 것 같지는 않지만.

"아니면 내가 너무 강해진 건가?"

상태창에 따로 표시되는 내용이 없었기에 얼마나 강해졌는지 알 수는 없었다. 단지 몸에 흐르고 있는 마나의 양이 충만해졌다는 것. 그리고 검을 둘러싸고 있는 마나가 어마어마하게 짙어졌다는 것으로 봐서 엄청나게 강해졌다는 것을 추측하고 있었을 뿐.

거침 없이 이어지는 최수민의 공격에 김진수는 아무 말도 하지 못한채 점점 밀려나기 시작했다.

어느새 김진수의 몸에는 깊고 얕은 상처들이 하나 둘씩

생기고 있었고 그에 반해 최수민의 몸에는 땀 한방울조차 흐르지 않고 있었다.

숨을 고를 필요도 없었다. 효율적인 동작으로 몸을 혹사시킬 일도 없었으니까.

"이야기 하나 해줄까? 아주 흥미로운 이야기일 텐데 말이야."

갑자기 김진수의 몸에 흐르고 있던 암흑 마나가 증폭되기 시작했다. 몸 전체를 뒤덮고 있던 암흑마나가 점점 짙어지고 더 거대해지기 시작하며 김진수의 속도도 한층 빨라졌다.

호오. 전투력이 점점 상승하는데요? 가 아니라 갑자기 김진수가 최수민의 공격을 하나씩 하나씩 막아내기 시작했다. 이거 대체 무슨 일이야? 진짜 이때까지 봐준 건가?

조금씩 당황하기 시작하는 최수민과 달리 김진수는 여유가 생겼는지 최수민의 공격을 막아내며 이야기를 이어가기 시작했다.

"론디움이 생긴 이후로 몬스터들이 계속 강해졌지. 그리고 능력자들도 계속 생겼고."

"그래. 그건 누구나 다 아는 사실이잖아. 그게 무슨 흥미로운 이야기라는 거지?"

까앙.

다시 한 번 최수민의 날카로운 공격을 막아내는 김진수. 그리고 이번엔 매서운 반격을 해왔다.

최수민의 다리를 노리고 들어오는 김진수의 검을 한 걸음 뒤로 물러서며 피했다. 그러자 김진수의 검이 지나간 자리에서 암흑 마나가 폭발했다.

퍼엉.

암흑 마나가 폭발함과 동시에 가려지는 시야. 그리고 이어지는 것은 김진수의 공격이 아니라 김진수의 목소리였다.

"그런데 이상하지 않아? 왜 계속 능력자들은 늘어가야만 했을까? 모든 능력자들이 강해지는 것은 아닌데? 어떤 사람들은 적당히 레벨업을 멈추고 돈을 벌기위해 그저 관성적으로 사냥할 뿐이고, 또 어떤 사람들은 게임을 하듯이 레벨을 올리는데 열중하고."

그러게? 김진수의 말이 맞는 것 같기도 하다. 대부분의 능력자들은 적당히 자신의 레벨에 맞는 사냥터를 찾아서 그 곳에서 사냥을 했었지.

총군 연합도 그런 사람들이 모여서 만든 연합이었고. 강해지는 능력자는 소수에 불과하고 나머지 사람들은 정말 거기서 거기인데.

휘이이익.

잠시 생각에 잠긴 최수민에게 다시 한 번 김진수의 검이 날아왔다. 이번에도 날카롭게 날아오는 공격이었지만 어째 공격해오는 부위가 이상하다.

분명 이때까지 최수민에게 계속 공격을 허용해왔으니

이왕이면 최수민을 죽일 기세로 급소들을 위주로 공격을 해와야 할텐데 정작 이전보다 강해진 지금 김진수가 공격해오는 곳은 전부 생명에는 지장이 없는 곳들이었다.

다리라던지, 팔 어디 귀퉁이라던지. 단지 공격을 하는 시늉만 하는듯한 느낌?

게다가 예전과 다르게 자신을 향한 살기가 전혀 느껴지지 않는다. 이 상황이 그저 김진수에게 있어서 대련같은 건가? 내가 그렇게 만만하게 보였나?

심지어 지금 날아오는 김진수의 공격은 검을 들고 있는 오른쪽 팔도 아니고 왼손을 향해 날아오고 있었다.

최수민은 가볍게 왼손을 뒤로 빼며 김진수의 공격을 피한 후 검을 김진수의 목을 향해 휘둘렀다.

간신히 허리를 숙이며 최수민의 공격을 피해내는 김진수. 그리고는 다시 또 이야기를 시작했다.

"워. 너무 매섭게 공격해오는 것 아니야? 아직 이야기가 끝나지도 않았는데? 너무 서론이 길었나?"

능청스럽게 공격을 피하며 이야기하는 김진수. 그런 김진수를 감싸고 있는 암흑 마나가 점점 짙어지기 시작했다.

이거 빨리 끝내지 않으면 어쩌면 위험한 상황이 올지도 모르겠는데?

점점 더 여유가 넘치는 표정의 김진수의 입이 다시 한 번 움직였다.

"어쨌든 이때까지의 과정을 봤을 때 몬스터가 많아지고 강해져서 능력자의 숫자가 많아진다라는 가정을 했지. 어때 그럴 듯 하지 않아? 분명 처음 능력자들이 생겼을 때는 튜토리얼도 없었고 덜렁 론디움에 던져졌다고. 그런데 그때는 마을 밖을 나가도 오우거는커녕 오크도 희귀할 때였지."

그랬던가? 튜토리얼 학원같은데서는 저런 것도 가르쳐 주나?

"계속 이야기를 하면서 점점 더 강해질 시간을 끌려고 하는 것 같은데 어림없다. 빨리 끝내주지."

"잠깐. 오해가 있었던 것 같은데. 이건 단지 눈속임일 뿐이라고."

"눈속임?"

"그래. 지금 내가 어쩔 수 없는 사정에 묶여 있는 몸이라서 말이야. 계속 싸우지 않으면 안 되는 상황이거든."

믿으면 안 된다. 김진수는 날 죽였던 놈이다. 그러면서도 계속 이상한 부위만 노리고 있는 김진수의 행동과 지금 눈빛을 보니 왠지 믿어도 될 것 같은 느낌이 든다.

"하지만 내가 널 믿을 이유는 없지."

휘이익.

다시 한 번 최수민의 검이 빠른 속도로 김진수의 심장을 향해 쇄도했다. 가로막고 있는 공기마저 폭발시켜버릴 기세로 빠르게 쇄도하는 검.

그 검을 자신의 검으로 힘겹게 쳐낸 김진수.

"그렇다면 최선을 다해 피하면서 이야기를 계속 하는 수밖에 없겠군. 아까 말한 것처럼 가끔씩 공격은 해야하니까 그건 좀 이해해주길 바란다."

뭐지? 정말 싸울 생각이 있는 건가? 최선을 다해 공격을 피하고 막는걸보니 순순히 죽어줄 생각은 없는 것 같긴한데 대체 무얼 위해서?

"자. 하여튼 이야기를 계속 하자면 능력자들이 늘어나면서 몬스터들이 강해진 건지, 몬스터가 강해져서 능력자들이 많아진 건지는 알 수 없어. 하지만 그곳에 상관관계가 있다고 생각했지."

"그래서?"

평화로운 대화속에 두 사람의 몸은 쉬지않고 움직이고 있었다. 최수민은 김진수를 죽이기 위해 거침없이 공격을 하고 있었고 김진수는 그 공격을 안간힘을 다해 피해내고 막아내고 있었다.

"아. 우선 이것부터 이야기를 하면 더 이해가 쉽겠군. 여기서 능력자를 죽여본 적이 있겠지?"

"그래. 너희 자유 길드 소속의 쓰레기들."

쓰레기들이라는 말에 김진수의 눈이 잠시 찌푸려지더니 다시 풀렸다.

"그 능력자들을 죽이면 몬스터들을 잡는 것보다 훨씬 많은 경험치를 얻는 것. 그것도 잘 알고 있겠군."

"대체 무슨 말이 하고 싶은 거냐?"

아무래도 그냥 시간끌기인 것 같은데 김진수는 최수민의 공격을 생쥐처럼 요리조리 잘 피해내고 있었다.

특히 급소는 철저히 보호하면서 생명에 지장이 없는 부위에는 가끔씩 공격을 허용하고 있었다.

"몬스터를 잡으면 경험치가 적게 오르고, 능력자들을 잡으면 경험치가 많이 오른다. 그리고 능력자가 늘어날수록 몬스터의 개체가 늘어나고, 능력자가 강해질수록 몬스터도 강해진다. 간단하지? 능력자가 없어지면 그만큼 몬스터가 없어진다는 거야. 능력자는 결국 몬스터와 대응되는 거지."

어라? 이거 어디서 들어본 것 같은데? 멜로스가 말했던 거랑 비슷한 이야기. 그 관계가 능력자랑 몬스터로 바뀐 것 빼고.

"좋아. 그렇다 치고. 그래서 그게 뭐 어쨌다는 거야?"

갑자기 김진수의 이야기에 흥미가 생기기 시작했다. 멜로스가 했던 이야기와 비슷한 이야기라니.

"그런데 신기하게도 말이야. 능력자들이 죽어나가도 몬스터들의 숫자만 줄어들뿐 한 번 강해진 몬스터들은 약해지지 않더군."

이야기에 집중한다고 잠시 공격을 하지 않고 있자 갑자기 김진수의 검이 날아온다. 여전히 위험하지 않은 부위를 향해.

"아무리 흥미로운 이야기라도 그렇게 듣고만 있으면 곤란하지. 아까 말한 것처럼 싸우는 시늉은 해줘야하거든."

그렇게 말하는 김진수를 감싸고 있는 암흑 마나가 점점 더 차오르고 있었다. 이거 진짜 위험하겠는데?

"몬스터는 강해진채로 있는데 사람들은 돈을 벌기 위해 안주하고 있다. 이게 참 위험한건데 말이야. 다 같이 강해져야 하는데 그 사람들 때문에 몬스터들이 강해지고 개체수가 늘어나는지도 모르고."

이제야 좀 알겠다. 그러니까 몬스터는 강해지는데 대부분의 능력자들이 강해지지 않으니 나중에는 결국 능력자들이 몬스터들에게 당할 수 밖에 없었단 말이지?

"그래서 임동호와 함께 해결방법을 찾던 중에 엄청난 정보 하나를 얻었지."

"엄청난 정보?"

"너도 알고 있을 텐데? 능력자들은 죽어도 론디움이 사라지는 날에 모두 다 살아날 수 있다는 거."

엄청난 정보긴 하지. 그런데 이거랑 무슨 상관이란 말이지? 생각에 점점 잠겨가며 최수민의 움직임이 둔해지고 있었지만 김진수는 그런 최수민의 빈틈을 전혀 노리지 않았다.

단지 검을 휘두르고 있는 것에 의의를 두고 있을 뿐.

"임동호는 능력자들이 계속 강해지면 괜찮다고 말을 했지만 사람은 그렇게 쉽게 변하려고 하지 않거든."

"그래서? 다른 방법이 또 있었단 말인가?"

"간단하지. 몬스터들이 계속 강해져도 그 숫자가 적으면 어떻게든 능력자들끼리 상대할 수 있거든."

한 마디로 돈만 벌고 있는 능력자들은 죽어도 상관없다? 이런 말이 하고 싶은 것 같은데.

"그래서 이 때까지 능력자들을 죽여왔다?"

"어차피 누군가 해야할 일이었어. 능력자들은 다시 살아날 거고. 누군가는 악역을 맡아야 했고 임동호는 악역을 맡을 생각이 전혀 없었지. 아예 그런 일을 할 인물이 아니기도 하지만."

갑자기 김진수가 달라보인다. 이렇게 속이 깊은 인간이었나?

"예전의 일은 미안하게 되었군. 이렇게 강해지게 될 줄 누가 알았겠어?"

그 옛날, 아니 몇 달도 되지 않은 일을 떠올리며 김진수가 사과를 건네왔다. 물론 씨알도 먹히지 않는 이야기지만.

사람을 죽여놓고 미안하다고? 최수민은 그런 사과를 받고 아, 예. 지금은 살아있으니 됐죠. 악역하시느라 힘드셨겠어요. 라고 말을 할 정도로 대인배가 아니었다.

"물론 미안하다는 말로 끝낼 일은 아니지. 미안하다는 말로 끝낼 생각도 없고."

"잘 알고 있네. 나도 사과를 받고 끝낼 생각은 없거든."

"하지만 아직 이야기가 끝난 게 아니라서 말이야."

무언가 더 중요한 이야기가 남았다는 듯 김진수의 표정이 조금 더 진지해졌다. 그리고 김진수를 감싸고 있는 암흑마나가 점점 더 진해지더니 이제는 아주 우주공간에 혼자 떠다니는 느낌이 들 정도였다.

"그렇게 능력자들을 하나씩 하나씩 없애고 있을 때, 아 물론 내가 말하는 능력자들은 레벨업은 하지 않고 돈을 벌기 위해 약한 사냥터에서 사냥하던 사람들이지. 그 때 엄청난 일이 벌어졌지."

까앙.

다시 한 번 김진수가 최수민의 공격을 막은채 이야기를 이어나갔다. 젠장. 이야기에 정신이 팔려서 이번 공격은 못 막아낼 거라고 생각했는데.

"몇 명쯤이나 해치웠을까? 수십 명? 아니 수백 명? 한국에 갔다가 론디움으로 돌아왔는데 내 앞에 무언가가 나타나더군. 어마어마한 기운이 느껴지는 존재였지. 몸은 존재하지 않고 허공에 빨간 눈만 돌아다니는 마족이었지."

어라 왠지 그게 누군지 알 것 같은 느낌이다. 지금 김진수를 계속 강하게 만들어주는 이 힘의 주인.

아마.

"그 존재가 설마 아블인가?"

"그래. 빙하 속에 블루 드래곤과 함께 갇혀 있던 아블이었지."

정말 아블 이 자식 안끼는 데가 없구나.

◇

최수민이 튜토리얼에 들어가기도 전인 오래 전, 김진수는 자신의 생각대로 능력자들을 사냥하고 있었다.

[레벨이 올랐습니다.]

'후. 오늘도 4명을 처리해버렸군. 이게 옳은 일이겠지? 그래. 어차피 누군가 해야할 일이었어.'

구름이 잔뜩 껴있는 하늘. 김진수 주변으로 4명의 능력자들의 시체가 널부러져 있었다.

김진수의 레벨과 맞지 않는 저레벨들의 사냥터. 그 곳에서 항상 사냥을 하고 있었던 능력자들이 김진수의 손에 죽음을 맞이했다.

명분은 있었다. 자신들의 자리라며 김진수를 쫓아내려고 했으니까.

그나마 편하게 보내주기 위해서 모두 한 번의 공격으로 죽음을 맞이하게 해주었다. 그 덕분에 주변에 있는 시체들의 상태는 아주 온전했고 고통을 느끼지도 못한 표정으로 죽어있었다.

'언젠가 이 일도 끝이 나는 날이 오겠지.'

그게 언제일지는 몰라도 아마 론디움이 평생 지속될거라는 생각은 들지않았다. 몬스터들도 무한히 강해질 수 없고 능력자들도 무한히 강해질 수 없으니까.

지금 김진수를 향한 세상의 평가는 안하무인, 건드리지

말아야할 존재 등 부정적인 평가들이 많았다.

그도 그럴 것이 능력자들의 수를 적당히 조절하기 위해서는 능력자들을 죽이는 수밖에 없었으니까. 그리고 그 악역을 맡기로 한 이상 적당히 할 수도 없었다.

그 때문에 자유 길드의 일을 방해한다는 명목으로 많은 사람들을 처리해왔고 자유 길드와 김진수의 악명은 점점 높아지고 있었다.

'그나마 이 일을 하면서 레벨을 올릴 수 있으니 어이없게 죽는 일은 벌어지지 않겠군.'

악역을 담당하려고 해도 그에 맞는 실력이 있어야 한다. 다행스럽게 임동호와 사냥을 다니며 론디움 내에서 손에 꼽히는 강자로 성장한 상태.

능력자 사냥을 하면서 엄청난 속도로 레벨을 올리고 있었으니 실력면에는 문제가 생길 것이 없었다.

자리를 정리하고 떠나려는 김진수의 뒤에서 갑자기 마나가 요동치기 시작하더니 순식간에 김진수가 서있는 장소가 암흑으로 뒤덮히기 시작했다.

'이건 뭐지? 대체 이 기운은 뭐야?'

암흑으로 뒤덮히기 시작하는 이 순간. 상상도 할 수 없는, 상상을 해본적도 없는 어마어마한 기운이 김진수의 몸을 덮치기 시작했다.

숨을 쉬기조차 힘겨워지는 무거운 분위기. 자리에 서있는 것만으로도 벅찬 지금 김진수의 눈 앞에 공중에 떠다니는 붉은 눈이 생겨나기 시작했다.

눈을 마주치는 것만으로 오금이 저려오는 공포. 순식간에 의식의 끈을 놓을 뻔했지만 의식의 끈을 놓는 것조차 허락되지 않는 순간을 김진수는 두 눈을 뜨고 쳐다보고 있을 수 밖에 없었다.

[흥미로운 인간이여.]

빨간 눈만 떠다니는 존재의 목소리가 머릿속에 울려퍼진다. 눈만 보이고 있었음에도 머릿속에 울려퍼지고 있는 목소리가 그의 것이라는 것은 의심할 여지가 없었다.

"누구냐 넌?"

간신히 입술을 벌리고 성대를 움직여 정체를 물어보았다. 그것만으로도 김진수의 얼굴에서 식은땀이 흘러내리고 다리가 바들바들 떨려왔다.

[나는 아블. 마족이다. 이 때까지 너의 움직임을 지켜봐왔지.]

이 때까지 움직임을 지켜봐왔다고? 김진수의 동공이 떨려오기 시작했다. 당시 김진수의 레벨은 600이 넘은 상황. 그럼에도 불구하고 전혀 눈치를 채지 못하고 있었다.

[물론 내가 주변에 있다는 걸 눈치채진 못했겠지. 내 몸은 이곳이 아니라 어느 빙하 속에 블루 드래곤과 함께 봉인되어 있거든.]

그제서야 김진수의 머릿속에 서벨리 빙하에서 보았던 블루 드래곤과 마족이 스쳐지나갔다. 임동호와 서벨리 빙하에

갔다가 충격받았던 한 장면.

그런데 그 존재가 왜 지금 자신에게 왔는지 머리를 굴려 보아도 도저히 이유를 알 수가 없었다.

"목적이 뭐냐?"

다시 한 번 힘들게 입을 떼서 말을 꺼냈다. 젠장 이거 말 한 마디 하는게 이렇게 힘들줄이야.

[이곳 저곳을 살펴봤는데 너만큼 인간들을 열심히 죽이고, 그리고 인간을 잘 죽이는 실력을 가진 인간이 없어서 말이지.]

순간 느껴지는 마족의 눈빛에서 엄청난 위압감이 느껴졌다. 이제는 말조차 나오지 않을 정도로 몸이 움츠러드는 순간 마족의 말이 이어졌다.

[그것이 내 목적과 비슷하기도 해서 내가 힘을 좀 주려고 하는데 어떻게 생각해?]

힘을 준다? 평범한 사람이 하는 말이었다면 헛소리 하지 마라고 하며 무시했을 소리지만 눈 앞의 마족은 엄청난 힘을 주고도 남을 것 같았다.

그 말을 들을 김진수는 빠르게 머리를 회전시키기 시작했다.

'만약 내가 이 힘을 거절하면 어떻게 되는 거지? 또 다른 사람을 찾아서 가는 건가? 그리고 그 사람에게 힘을 주는 거고?'

그럴 가능성은 충분했다. 지금 눈 앞의 마족의 목적은

단지 사람들을 죽이기 위한 것. 그렇다면 김진수가 아니라도 다른 사람이 선택될 수도 있었다.

'다른 사람이 이 힘을 받으면 정말 론디움이 개판이 될지도 모르겠군. 그렇다면 차라리 내가 받아서 다른 사람에게 이 힘이 가지않도록 하는 게 더 낫다.'

그나마 김진수에게는 나름의 기준이 있었다. 모든 사람들을 공격하는 것이 아니라 단지 눈 앞에 돈을 위해 사냥을 하는 론디움에 큰 도움이 되지않는 사람들.

그 중에서도 레벨이 낮은 사람들 위주로 상대하고 있는 상황. 만약 다른 사람이 이 힘을 받아 레벨을 가리지 않고 무차별적으로 사람들을 죽이고 다닌다면 김진수가 애써 론디움의 균형을 맞추기 위해 능력자들을 처리하고 다니는 것은 물거품이 된다.

"좋아. 그 힘 받도록 하지. 그런데 내가 그 힘을 받게 되면 어떻게 되는 거지?"

일단은 받기로 결정을 했지만 어떤 부작용이 따를지, 어떤 효과가 있을지는 아무것도 모른다. 단지 다른 사람이 이 힘을 가져 론디움에 가져올 역효과만 고려했을뿐.

[상상도 할 수 없을만큼 강대한 힘. 지금 니가 가지고 있는 힘과는 비교도 할 수 없는 힘을 얻을 수 있지. 그 힘을 사용하게 되면 나의 힘을 사용하게 되는 것. 그만큼 강해질 수 있게 된다.]

"그럼 내가 그 힘을 사용할수록 너의 힘이 약해진다는

건가?"

[그렇다. 하지만 인간이 내 힘을 얼마나 사용할 수 있을지는 너의 능력에 달렸다.]

그러니까 김진수가 힘을 사용할수록 녀석의 힘이 줄어든다? 얼마나 강한놈인지는 몰라도 그 힘을 다 사용해주겠다라는 생각을 가지고 있을 때쯤 다시 한번 녀석의 목소리가 김진수의 머릿속을 울렸다.

[물론 내 힘을 사용하게 된다면 다른 사람들과 같은 최후를 맞이할 수 있을 거라는 생각은 하지 마라. 힘에는 대가가 따르는 법이니까.]

이건 또 무슨 소리지? 기껏 마음의 준비를 했더니 다시 한번 고민을 하게 만드는 아블의 목소리. 악마에게 영혼을 판다는 게 이럴 때 사용하는 말인가?

다시금 김진수의 고민이 깊어졌다. 사후 세계를 믿는 건 아니지만 론디움 내에서 죽으면 살아난다는 것은 알고 있다.

아블이 말하는 것이 자신의 힘을 받으면 다른 사람들처럼 다시 살아날 수 없다는 것을 말하는 것이 아닐까 하는 생각이 들자 김진수의 다짐이 조금 흔들리기 시작했다.

'그래. 어차피 악역을 맡았으니 다시 살아나서 진실을 모두 알려도 소용없겠지. 내 운명을 받아들이는 수 밖에.'

어차피 진실을 알려도 사람을 죽였다는 것은 변하지 않는다. 완벽한 게임이 아니기에 사람을 죽인 것은 용서 받을 수 없는 일.

"좋아. 그 힘을 받도록 하지."

[역시.]

힘을 받기로 결정한 순간 김진수의 눈은 빨간색으로 변하기 시작했고 온 몸이 조금씩 변하기 시작했다. 그리고 평소처럼 마나를 끌어올리자 온 몸에 평소와 다른 마나, 암흑마나가 흐르기 시작했다.

그리고 자연스럽게 아블의 생각이 머릿속으로 흘러들어오기 시작했고 반대로 김진수의 행동이 아블에게 흘러가기 시작했다.

아블이 마계에 있을 때의 기억. 론디움에 어떻게 오게 되었는지. 그리고 아블이 랭크셔 제국을 멸망시키게 된 것까지. 순식간에 어마어마한 정보가 김진수의 머릿속으로 흘러들어오게 되는 순간 하나는 확실해졌다.

'이 놈을 처리하지 않으면 론디움이고 지구고 모두 끝장이다.'

◇

"그렇게 나는 아블의 말을 들으며 아블을 처리할 수 있는 날을 기다려왔지. 어차피 쓸모없는 능력자들을 죽이는 것은 내가 할 일이었고 그 일을 하는 동안 아블의 의심을 받을 이유가 없었으니까."

론디움을 지키는데 도움이 되는 능력자들은 건들지 않는다. 그 기준은 최소한 최하급 마족은 상대할 수 있는 350레벨.

"그럼 예전에 엘프들을 모조리 몰살시킨 건 무슨 이유였지?"

엘프들의 마을을 지키기 위해 자유 길드원을 해치웠었고 그 이후 김진수에게 한번 죽음을 당했던 최수민.

그 당시를 회상하자 다시금 분노가 차오르며 힘껏 검을 휘둘러 보았지만 분노에 찬 검이 김진수에게 통할 리가 만무.

이거 정말 위긴데? 이제 도와줄 사람도 없고. 블링크는 아블을 상대할 때를 대비해서 아껴둬야 하고.

"알고 있는지 모르겠지만 아블의 힘은 아직 완벽하게 회복되지 않았다."

"그래. 그건 알고 있지."

멜로스에게 들은 것 그대로였다. 아블에 대해서 잘 알고 있다는게 거짓말은 아닌 모양. 근데 그것과 무슨 상관이지?

"그래서 아블이 힘을 회복하기 전에 빠르게 아블을 론디움으로 불러내고 모든 능력자의 힘을 합쳐서 해치우면 되지 않을까 하는 생각에서 봉인된 마법진을 해제하기 위해 방법을 찾고 있었다."

"그래서? 그것과 엘프의 관계가 있단 말인가?"

"그 봉인된 마법진에 들어가기 위해선 진짜 마나를 가지고 있는 존재가 필요했다. 너도 알고 있겠지만 능력자들이 가지고 있는 마나는 약간 특이하지. 아블의 말을 빌리자면 평범한 사람들은 마나를 쌓기 위해 끝없는 노력을 해야하고 오랜 시간을 보내야 한다고 하는데, 능력자들은 레벨을 올리면 자연스럽게 마나가 딸려오니까."

왠지 엘프에게서 마나에 대한 이야기를 들을 때 잠시 들은 것 같은 느낌이 든다.

다른 능력자들보고 이상한 마나를 가지고 있다고 했었지.

"그러고보니 그 봉인된 마법진에 너와 그 여자는 마음대로 들어갈 수 있다고 하던데 어떻게 그게 가능한 거지?"

그러게? 그건 이때까지 궁금해 하던 건데.

태수도 그랬고 이규혁도 못 들어왔고 심지어 최수민보다 레벨이 높은 임동호조차도 들어오지 못했다.

김진수의 말대로라면 레나는 드래곤이니 진짜 마나를 가지고 있으니 당연히 들어올 수 있을 테고.

나는 대체 어떻게 들어갈 수 있었던 거지?

기억을 되돌려보면 제일 처음 봉인된 마법진을 들어갔을 때는 튜토리얼 지역.

그 때는 마나가 무엇인지도 몰랐고 아예 다룰 줄도 몰랐는데 어떻게 들어갈 수 있었을까?

우연이라고 치부하기엔 태수와 다른 사람들은 들어가지

못했다. 마나라. 그런 것이 원래 몸 속에 흐르고 있었던 건가.

그러다 생각해보니 당시에 있었던 드래곤의 피 스킬이 번뜩 머릿속에 떠오른다.

몸 속에 아주 미량의 드래곤의 피가 나를 그 곳으로 가게 만들어준 걸까? 생각해보면 그 때 봉인된 마법진으로 마법에 홀린 듯이 이끌려 갔는데 드래곤의 피가 날 안내했던 것 같기도 하고.

조금의 단서를 얻은 후 상황에 끼워맞춰보니 점점 확실해 지는 것 같다.

"그게 중요한가? 이제 암흑 마나가 더 짙어지지도 않는 것 같은데 시간은 그만 끌고 슬슬 제대로 싸우지?"

아블에게서 힘을 얼마나 가지고 온 걸까? 이제 김진수의 몸이 보이지 않을 정도로 짙은 어둠이 김진수의 몸을 뒤덮고 있었다.

젠장. 정말 흥미로운 이야기라 김진수의 페이스에 말려들었다. 그런데 질 것 같다는 생각은 전혀 들지않는다. 힘들어도 이길 수 있을 것이라는 자신감으로 넘치는 최수민을 향해 김진수가 외쳤다.

"드디어 아블에게서 가져올 수 있는 힘을 최대한 가져왔군."

"젠장. 너무 흥미로운 이야기라 힘을 모으는 시간을 줘버렸군."

"자. 이제 죽여라."

응? 뭐라고? 죽어라가 아니라 죽여라? 내가 잘못 들었나?

◇

귀를 의심하며 김진수를 바라보자 김진수는 최수민이 잘못 들었다는 것이 아니라는 듯 두 팔을 양옆으로 벌린채 검마저 땅바닥에 떨어뜨려버렸다.

"지금이 바로 그 때다. 빨리 나를 죽여라."

이거 왜 이래? 맥락없게.

아무리봐도 이해가 되지 않는다.

분명 이야기를 하면서 시간을 끌며 힘을 모으고 있는 줄 알았는데? 실제로도 김진수의 몸은 암흑 마나로 가득 차올랐고.

지금 김진수를 상대하는 것은 쉽지 않을 거라고 생각은 했지만 갑자기 김진수가 검을 땅바닥에 버리니 김이 확 빠진다.

아니 이거 혹시 방심 시키려고 하는 거 아니야? 예전에도 확실히 주먹으로 공격을 했었지.

자신의 움직임을 살피고 있는 최수민을 보자 김진수는 답답하다는 듯이 다시 한 번 소리쳤다.

"시간이 없어. 빨리 나를 죽여라."

“이번에는 또 무슨 개수작이야? 정말 알 수 없는 행동을 하는군.”

“시간이 없으니 빨리 말하지. 아까 내가 말한 것처럼 능력자를 죽이게 되면 수많은 몬스터를 죽인 것보다 더 많은 힘을 얻게 될 수 있어.”

자유 길드원들이 그래서 던전을 지키고 있다가 나에게 죽어준건가? 그래. 생각보다 경험치가 너무 많이 올랐었지.

“이렇게 죽어줄 생각이었으면 왜 하필 시간을 끌다가 이제 와서 죽어주는 거냐? 마지막까지 발악을 하다보니 안 될 것 같았나보지? 아니면 날 죽였던 것에 대한 사죄인가? 어차피 다시 살아날 수 있다는 것을 알고 있으니까?”

최수민의 말에 김진수는 허탈하게 웃기 시작하더니 아예 자리에 앉아버렸다.

“내가 아까 전에 말한 것처럼 나는 아블에게 힘을 얻었기 때문에 평범한 사람들처럼 다시 살아날 수 없어. 나에게 힘을 받은 우리 길드원들도 마찬가지고.”

“그래? 그거야 내가 알 바 아니지. 죗값은 치러야 하니까. 왜 갑자기 힘을 다 모으고서야 그런 행동이 하는지가 궁금하거든.”

아무런 싸움 없이 대화를 나누는 동안 갑자기 김진수의 몸을 뒤덮고 있던 암흑 마나가 조금씩 옅어지기 시작했다. 어라 왜 저래?

왜 싸우지도 않는데 오히려 힘이 빠져나가는 것 같지?

김진수도 그것을 느꼈는지 갑자기 자리를 박차고 일어났다.

그래. 죽이라는 것도 다 거짓말이었던가?

휘이이익.

바람을 가르며 매섭게 달려오는 김진수. 김진수는 주먹조차 쥐지 않았고 아무런 살기조차 느껴지지 않았지만 거세게 달려오자 최수민은 본능적으로 검을 앞으로 내질렀다.

푸욱.

김진수는 그런 최수민의 검을 피할 생각조차 하지 않은 채 더 빠른 속도로 달려와 최수민의 검을 향해 몸을 내던졌다.

"젠장. 내가 이렇게까지 해야할 줄이야. 임동호 대신 니가 와서 일이 쉽게 풀리는 줄 알았더니. 역시 임동호와 붙어다니닐만한 이유가 있었던 건가?"

최수민이 당황한 나머지 검의 궤도를 틀어 한 번에 심장을 관통당하지 않은 김진수는 가슴팍에서 새어나오는 피를 틀어막으며 말을 계속 이어갔다.

"지금 내 몸을 감싸고 있는 것은 아블의 암흑 마나. 지금 내가 이 암흑 마나를 지닌채로 죽게되면 넌 더 많은 힘을 얻을 수 있고, 반대로 아블은 나에게 힘을 준 상태로 회수하지 못해서 힘을 잃게 되겠지. 이게 아블을 상대할 능력자들을 위한 내 마지막 선물이다."

힘겹게 말을 이어가는 김진수의 몸에서 암흑 마나는 점점 빠른 속도로 빠져나가기 시작하고 있었다. 김진수도 그것을 알고 있었기에 최수민을 재촉했다.

조금이라도 빨리 자신을 죽이지 않으면 아블에게 더 많은 힘이 다시 돌아갈 것이라고.

김진수를 죽이는 것이 목표였지만 지금 상황에 놓이게 되자 최수민도 잠시 고민을 할 수 밖에 없었다.

이렇게 쉽게 복수를 할 수 있는데 이때까지 무엇을 위해 강해지려고 노력했단 말인가?

봉인된 마법진을 해제했던 것들도 결국 티어린 황제의 기운들을 얻어 한층 더 강해지기 위해서였고 마족의 뿔로 물약을 만들어 마시고, 켈베로스의 피를 아예 쪽쪽 빨아먹기도 했다.

그런데 이렇게 쉽게 복수를 할 수 있다고? 갑자기 몸에서 모든 힘이 빠져나가는 느낌이다.

"뭘 그렇게 고민하고 있어? 나에게 복수를 하고 싶은 게 아니었나? 원래 임동호에게 이 힘을 주려고 했는데 지금 너의 실력을 보니 너한테 주는게 맞는 것 같아서 한 선택이니까 망설이지 말고 빨리 날 죽여라."

김진수의 말을 듣고, 그리고 김진수의 몸에서 빠르게 빠져나가고 있는 암흑 마나를 보니 빨리 선택을 해야했다.

"그래. 어차피 우리가 서로 좋은 관계는 아니었잖아? 죄 없는 능력자들을 죽이기도 했었고? 망설일 필요가 없지."

상상하지 못했던 결말의 순간이었지만 기다리던 순간이었기에 더 이상 최수민은 망설이지 않았다.

푸욱.

대신 최수민은 자신이 할 수 있는 최고의 배려로 김진수의 심장에 검을 박아넣었다.

고통 없이 한 번에 보내주기 위한 행동. 최수민의 검이 김진수의 심장에 박히자 짧은 신음 소리와 함께 김진수의 몸을 감싸고 있던 암흑 마나들이 맹렬하게 최수민을 향해 흘러들어오기 시작했다.

김진수의 몸을 감싸고 있을 때는 완전한 검은색이었지만 그것이 최수민의 검을 타고 올라오며 조금씩 투명하게 바뀌더니 이내 최수민의 마나와 같은 푸른색으로 변하기 시작했다.

랭크셔 제국 최후의 힘 덕분에 김진수의 능력치 중 5%가 최수민의 몸으로 흘러들어오는 현장.

물론 김진수의 능력뿐만이 아니라 아블의 힘까지 최수민의 힘으로 흘러들어오고 있었기에 더 이상 강해질 수 없을거라고 생각했지만 한층 더 강해지고 있는 최수민이었다.

그 기운들은 레벨로 표시되어 최수민의 눈 앞에 나타났다.

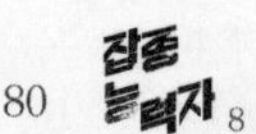

[레벨이 올랐습니다.]

[레벨이 올랐습니다.]

[레벨이 올랐습니다.]

700레벨이 넘는 최수민의 레벨이 무색할만큼 계속 오르는 레벨. 김진수는 이것을 위해서 이 날을 기다려왔던 것일까?

생명의 기운을 잃어가는 와중에 김진수가 앞으로 쓰러지며 최수민의 손을 향해 몸을 기울였다. 그러자 최수민은 쓰러지는 김진수의 몸을 잡기 위해 손을 내밀었고, 최수민의 손이 김진수의 몸에 닿는 순간 김진수의 기억들이 최수민의 머릿속으로 흘러들어오기 시작했다.

김진수의 가족들이 몬스터들에게 죽었던 기억. 그리고 김진수와 임동호의 추억, 김진수가 알지 못했던 무의식속에 있던 아블의 약점들도.

그래. 처음부터 악한 놈은 아니었구나. 나를 죽였던 것을 빼면 말이야.

"내가… 이렇게까지… 했는데도… 아블에게 진다면… 지옥에서라도… 용서하지 않을 거다…."

힘겹게 입을 열어서 마지막까지 아블을 처리해달라는 부탁을 남긴 김진수의 몸에서 힘이 빠져나가며 결국 숨을 멎었다.

"그래. 이렇게까지 해줬는데도 아블을 이기지 못하면 나도 나를 용서하지 못할 것 같아."

전에 없던 힘이 몸에 흘러넘친다. 무엇이라도 할 수 있을 것 같은 힘과 함께 최수민은 마지막 봉인된 마법진을 향해 걸어갔다.

◈

"저기 좀 보세요!"

서벨리 빙하 앞에서 상급 마족을 기다리고 있던 무력 길드원들 중 하나가 결계속에 갇혀 있는 아블과 상급 마족들을 보고 소리쳤다.

보이지 않는 결계, 그 가운데 있던 아블이 갑자기 휘청거리더니 무릎을 꿇었다.

그리고 그런 아블을 부축하는 상급 마족들.

멀리서봐도 아블에게 무슨 일이 생겼다는 것을 알 수 있었다. 물론 그게 무슨 일인지는 알 수 없었지만.

"최수민이 봉인된 마법진을 벌써 해제한 건가?"

갑작스러운 아블의 모습에 서벨리 빙하 앞에 있던 사람들이 긴장하기 시작했다.

눈 앞에 있는 적들은 이제까지의 몬스터들 중 가장 강한, 아니 블루 드래곤보다는 약하겠지만, 상급 마족들이었으니까.

"모두 준비해!"

임동호의 외침에 무력 길드원들과 나머지 사람들이 모두

싸울준비를 하기 시작했다.

"드디어 론디움 최후의 날인가?"

"이게 끝나면 모두 일반인이 될 테니 후회없게 오늘 모든 힘을 다 쏟아부어. 물약도 아낌없이 쓰고."

"진짜 모든 힘을 잃어버릴 생각을 하니까 시원섭섭하네."

모든 사람이 긴장한채 5분, 10분이 지나도 결계속에서는 아무런 일도 생기지 않았다.

상급 마족이 튀어나오는 일도, 중급 마족때처럼 마족들이 지구로 이동하는 일도 없었다.

"뭐야? 별 일 없는 건가? 그런데 왜 저놈은 혼자 쓰러져서 우리가 긴장하게 만들어?"

아블은 아직까지도 힘을 제대로 회복하지 못했는지 앉은 자리에서 일어나지 못하고 있었다.

김진수에게 주었던 힘이 얼마나 강했는지는 몰라도 순식간에 몸에서 많은 힘이 빠져나가서 지금은 움직이는 것도 힘들어보였다.

"방심하지 마라. 언제 놈들이 튀어나올지 모른다."

김진수의 죽음으로 인한 아블의 비틀거림이 서벨리 빙하에 있는 사람들이 긴장하게 만들었고, 알 수 없는 긴장감이 계속 유지되고 있었다.

◇

'이 곳도 이제 마지막인가.'

튜토리얼 지역부터 시작된 봉인된 지역.

익숙한 기운이 몸을 감싸고 익숙한 풍경이 최수민의 눈 앞을 가득 채운다.

봉인된 마법진의 시작때는 아무것도 몰랐지만 마지막 봉인된 마법진에 들어오자 감회가 남달랐다.

그 땐 아무것도 모르는 애송이였고, 그 곳에 있는 최하급 마족과 목숨을 걸고 싸워야했다.

하지만 지금은 다르다.

지금 봉인된 마법진을 해제하고 나면 이제 론디움 최후의 날이 시작될 것이고 그 시작과 함께 아블이라는 어마어마한 적과 싸워야한다.

눈 앞을 가리는 여러 개의 메시지.

이제 이 메시지들도 안녕이겠지?

잠시 감상에 젖어 있는 동안 최수민의 눈 앞에 있는 상급 마족의 봉인된 동상에 균열이 가기 시작했다.

김진수와는 싸운 것이 아니라 거의 대화를 나누며 휴식을 취한 것과 마찬가지.

그 덕분에 최수민의 힘은 넘치고 있는 수준이었다.

심지어 지금 최수민이 있는 곳은 김진수와 아블의 힘의 일부를 얻은 상태에서 최수민에게 가장 좋은 환경인 봉인된 지역.

그 어느 때라도 지금 이 순간보다 강해질 수는 없을 것 같았다.

몸 속에서 넘치는 힘을 만끽하며 최수민은 검을 들고 봉인이 풀리고 있는 상급 마족을 향해 달려갔다.

서걱.

지금 넘치는 힘이라면 상급 마족의 목을 한 번에 베어낼 수 있을거라고 생각했지만 생각보다 마족의 목은 단단했다.

최수민의 검은 마족의 목을 완벽하게 잘라내지 못한채 꽤 깊은 상처만 내는걸로 만족해야했다.

'쳇. 그 때 그 놈처럼 맷집이 약한 녀석은 아닌가보네.'

마족의 목에 박혀있는 검을 뽑아내자 자연스럽게 상급 마족의 봉인이 한 번에 풀렸다.

스윽.

목에 흐르는 피를 한 손으로 닦으며 지긋이 최수민을 쳐다보는 상급 마족.

그런데 녀석의 눈이 이상하다. 시작부터 흰자가 하나도 보이지 않는 빨간색으로 가득한 상급 마족의 눈.

막 레이저같은 걸 쏘고 그러진 않겠지?

예전에 만났었던 하급 마족을 떠올리는 순간, 상급 마족에게서 빨간 무언가가 최수민을 향해 날아왔다.

뭐야? 진짜 눈에서 레이저를 쏘는 건가?

예전에 보았던 그것의 위력을 떠올리자 최수민의 몸이 머리보다 먼저 반응했다.

땅을 구르며 그 빨간 것을 피하자 최수민이 서있던 자리에 그 빨간 것이 닿으며 길다란 직선의 흔적을 남겼고

퍼엉!

그것은 땅에 흔적을 남긴 후 맹렬하게 폭발했다. 그리고 폭발의 여파로 자욱하게 퍼져나오는 연기.

'시야를 가린 후 다시 그걸 쏠 생각인가? 다시 쏠 시간을 줄 수 없지.'

하필이면 연기가 빠질 곳도 없는 공간에서 연기가 퍼져나오다니. 꽤 까다로운 녀석이긴 하군.

최수민은 아무것도 보이지 않는 짙은 연기속으로 들어가서 상급 마족의 인기척이 느껴지는 곳을 향해 검을 휘둘렀다.

푸욱.

상급 마족의 몸의 어딘가를 정확히 관통하자 상급 마족의 몸에서 최수민의 몸을 향해 피가 튀어나왔다.

퍼엉!

최수민의 몸에 닿자마자 폭발하는 상급 마족의 피.

"쿨럭. 이거 왜이래?"

상급 마족의 피가 폭발하자 최수민의 입에서 갑자기 피가 쏟아져 나왔다.

'뭐지? 분명 공격을 당한 기억이 없는데? 왜?'

주르륵.

이번에는 최수민의 양쪽 코에서 붉은 피가 흘러내리기 시작했다.

3장. 히든 퀘스트 완료

3장. 히든 퀘스트 완료

쿨럭.

다시 한 번 입에서 피를 한번 토하고, 양쪽 코에서 피가 흘러내린다.

대체 언제 공격을 당한 거지?

그러고보니 속이 살살 아파온다. 뭘 잘못 먹은 것도 아니고.

그렇게 최수민이 입과 코에서 피를 흘리는 동안 상급 마족은 아무런 움직임을 보여주지 않았다.

단지 최수민의 눈 앞을 가리고 있는 연기들이 점점 봉인된 지역을 채워나가고 있었을 뿐.

'혹시 이 연기랑 연관이 있는 건가?'

자세히 보니 연기의 색깔이 마족이 흘렸던 피처럼 빨간 색을 띄고 있었다.

색이 이상할 때 알아봤어야 했는데. 이게 상급 마족이 하는 공격의 일종인 건가?

그래서 숨을 쉬었을 때 이게 내 몸속에 들어와서 지금 이렇게 피를 흘리고 있는 거고?

상태창이 정상적으로 작동하고 있었다면 무슨 공격을 당했는지 알려주었을 텐데, 멜로스에게 힘을 받은 이후부터 상태창이 정상적으로 작동하지 않고 있었다.

다행인 것은 트롤의 재생력이 제대로 발동하고 있는 것인지 쓰려오던 속이 다시 정상적으로 돌아가고 있었다는 점.

그러나 다시 한 번 숨을 들이키자 속이 쓰려오며 입과 코에서 피가 흘러내렸다.

"분명 심장을 터뜨리려고 했는데 어떻게 아직까지 살아있는 거지? 역시 드래곤은 다른 건가?"

아무것도 보이지 않는 연기속에서 나오는 상급 마족의 목소리. 동굴 같은 목소리가 봉인된 지역에 울려퍼졌다.

"피를 이용해서 공격하는 건가?"

분명 몸에 닿은 피가 폭발하기도 했지. 그럼 처음에 공격을 해왔던 그 빨간 것도 상급 마족의 피일 테고.

"꽤 눈치가 빠른 놈이군."

진짜 피를 이용해서 공격하다니. 상급 마족들은 특별한 능력이 하나씩 있다고 하더니 꽤 까다로운 녀석이다.

공격을 해서 피가 뿜어져 나오게 하면 결국 녀석의 무기를 하나 추가시켜주는 것이나 마찬가지.

한 방에 끝냈어야 했는데.

이미 늦은 후회를 하기보다 어떻게 녀석을 해치워야할지 생각을 해야했다.

놈을 공격하는 것은 어렵지 않은 일이지만 공격을 할수록 지금 봉인된 지역을 채우고 있는 연기의 농도가 짙어지는 것은 안봐도 뻔한 일.

휘이익.

무언가가 날아오는 소리에 최수민은 반사적으로 몸을 비틀어서 피했다.

휘이익.

다시 한 번 날아오는 정체를 알 수 없는 무언가.

'아마 상급 마족의 피겠지?'

빨간 연기속에서 빨간 피를 활용한 공격이 날아왔기에 눈으로 보고 피할 수가 없었다.

단지 무언가가 날아온다는 느낌과 소리의 방향에 맞춰서 몸을 움직일 뿐.

최수민이 상급 마족을 어떻게 해치워야할지 생각을 하는 동안 상급 마족은 끊임없이 피를 채찍처럼 휘두르며 공격을 해왔다.

퍼억.

콰앙.

그것이 땅에 닿을 때마다 땅에는 길다란 흔적이 생겼고, 그 흔적이 생기는 순간 바로 땅이 폭발하며 연기가 짙어졌다.

뭐야? 이거 공격을 안해도 이 연기가 짙어지는 건 마찬가지잖아?

그렇다면 저 상급 마족을 죽일 때까지는 숨을 참는다!

어차피 검을 휘두르는 것은 무산소 운동. 상급 마족을 해치우는데 오랜 시간이 걸리지 않을 것이라는 생각에 최수민은 숨을 쉬는 것을 멈추고 상급 마족이 있는 곳을 향해 달려갔다.

휘이익.

어라? 그런데 왜 이렇게 검에 힘이 없지? 마나가 예전보다 못한 것 같은데?

힘껏 검을 휘둘렀지만 지금 최수민의 검을 둘러싸고 있는 푸른 마나는 멜로스에게 드래곤 하트를 받기 전의 상태처럼 조금 옅어져있었다.

까앙!

상급 마족은 자신의 피로 만들어낸 무기로 최수민의 검을 막은 채 미소를 띄었다.

"생각처럼 안 되나보지? 어때? 몸속이 파괴되어서 평소처럼 힘을 못쓰는 기분이?"

휴. 대답할 뻔 했다. 숨을 참고있는 걸 깜빡할 뻔 했군.

최수민은 대답대신 검을 다시 휘두르는 것으로 대답을

대신했다.

휘이이익!

평소처럼 검을 휘둘러보았지만 평소와 다르게 검에 무거운 추라도 달아놓은 것처럼 느릿느릿하게 움직였다.

까앙.

물론 그 검은 상급 마족에게 타격을 주지 못했고.

"대답을 안해도 표정만 봐도 알겠군. 아직까지 살아있는 걸 보면 드래곤이 역시 대단하긴 해."

봉인된 지역이기에 상급 마족이 펼쳐놓은 피로 만든 안개를 벗어날 곳이 없었고, 그 농도가 점점 짙어지고 있었다.

그럼에도 불구하고 아직까지 검을 휘두를 정도로 쌩쌩한 모습을 보여주는 최수민.

그런 최수민을 보며 다시 한 번 상급 마족이 입을 열었다.

"아무래도 대답을 하지 않는 걸 보니 숨을 참고 나를 쓰러뜨려 보겠다는 생각인 것 같은데."

푸아악.

갑자기 최수민의 갑옷과 각종 방어구들이 없는 손등과 얼굴에서 피가 흘러나오기 시작했다.

'젠장. 이건 또 뭐야?'

갑자기 눈 앞이 빨간색으로 물들기 시작한다. 빨간 연기로 가득한 곳에서 눈 앞까지 빨간색으로 변하자 최수민의 눈앞에 아무것도 보이는 것이 없었다.

"몸 속에만 이 연기들이 들어간다고 생각했나본데, 이미 너의 몸 여기저기 다 묻어있으니 괜히 숨을 참는 행동은 하지 않는 게 좋을 거다. 숨을 쉬면서 싸워야 조금 더 오래 싸우지 않겠어?"

최수민의 눈에는 더 이상 보이지 않았지만 공기가 빠져나갈 수 없는 공간이기에 점점 피로 만들어진 연기의 농도가 짙어지고 있었다.

휘익.

무언가가 날아오는 소리에 이번에도 허리를 숙이며 공격을 피하자 다시 한 번 상급 마족의 목소리가 들렸다.

"그래도 말은 들으라고 귀는 멀쩡하게 뒀더니 소리로 공격의 방향을 알고 피하는 건가?"

최수민의 눈은 지금 제대로 보이지 않는 상황. 그 때문에 상급 마족의 목소리가 들려오는 쪽으로 매섭게 검을 날렸다.

"이런 안 되겠군. 귀도 멀게 해줘야겠어."

최수민의 검을 가볍게 막은 상급 마족의 말과 함께 최수민의 양쪽 귀에서도 피가 흘러나오기 시작했다.

피가 흘러나오기 시작하면서 양쪽 귀가 먹먹해지며 청력까지 잃어가는 동안 상급 마족의 공격이 무차별적으로 날아왔다.

퍼억.

한 대를 맞은 최수민은 곧장 공격이 날아온 방향으로 검을 내질렀다.

푸욱.

반격을 해올 것이라는 생각을 못했던 것인지 최수민의 반격이 날아오자 상급 마족은 놀란 듯 뒤로 물러선 채 먼 곳에서 최수민을 향해 공격을 하기 시작했다.

"이렇게 밀폐된 공간은 나를 위한 공간이다! 어디서 반격을 하고 이기려고 들어!"

상급마족은 멀리 물러선채 자신의 피를 마치 채찍처럼 만들어 최수민을 향해 휘둘렀다.

공기를 가르며 매섭게 최수민을 향해 날아오는 피로 만들어진 채찍.

그것이 최수민의 몸에 닿으려고 하는 찰나 최수민이 옆으로 몸을 돌리며 채찍을 피했고, 정확하게 상급 마족이 있는 방향을 향해 몸을 날려 검으로 상급 마족의 복부를 관통했다.

"귀까지 안 들리게 해주니 오히려 위치를 찾기가 쉬워졌는데? 고마워."

눈이 멀고 귀가 멀자 마나의 흐름이 더 정확하게 머릿속에 들어왔다.

그 덕분에 피로 만들어진 연기가 시야를 방해할 때보다 훨씬 상급 마족의 위치를 찾기가 쉬워졌고.

'문제는 이 연기 때문에 제대로 힘을 쓸 수 없다는 건데….'

상급 마족의 위치는 찾아낼 수 있지만 빌어먹을 연기 때문에 제대로 된 힘을 사용할 수가 없다.

봉인된 공간이라 연기가 옅어지기는커녕 더 짙어지니 시간이 갈수록 더 불리해질 텐데. 이거 어떻게 해야할까?

자신감이 넘치던 상급 마족은 갑작스러운 최수민의 반격에 당황했는지 마구잡이로 피로 만들어진 채찍을 휘두르기 시작했다.

아무리 내가 몸에 힘이 빠졌어도 이런 공격을 맞아줄 정도는 아니지.

쿨럭.

그래 근데 이 연기는 아니구나. 다시 한 번 숨을 들이키자 연기가 최수민의 몸속을 헤집어 놓았다.

이 빌어먹을 연기. 확 다 태워버릴 수도 없고.

그 순간 이 연기를 얼려버리면 어떨까 하는 생각이 들었다.

'그래. 레나가 그랬었지. 얼음 계열 마법은 내가 훨씬 강할 거라고.'

갑자기 최수민의 몸 주변으로 급속한 냉기가 흘러나가기 시작하자 봉인된 지역이 순식간에 얼어붙기 시작했다.

먼저 상급 마족이 휘두르던 피로 만든 채찍이 얼어붙으면서 얼음이 깨지는 소리와 함께 땅바닥에 떨어졌고, 시간이 조금 더 흐르자 연기들이 조금씩 굳어가기 시작했다.

"무… 무슨 개수작이냐!?"

그 모습을 지켜보던 상급 마족도 일이 잘못 되어가고 있다는 것을 느꼈다. 이때까지 느껴본적 없었던 한기가 자신의 몸을 감싸고 애써 만들어놓았던 피로 만든 연기가 하나의 얼음 덩어리로 변하는 모습.

그리고 이내 자신의 몸도 조금씩 얼어간다는 것을 느낄 때는 이미 양손을 움직일 수가 없는 상황이었다.

"이제야 좀 움직이기가 편하군."

상급 마족의 몸은 얼어가고 있는 순간이었지만 최수민은 오히려 편안함을 느꼈다. 엄청난 추위가 안락하게 느껴지기까지 하는 순간 최수민은 상급 마족을 향해 달려갔다.

"휴. 겨우 산을 올라가는 것도 이렇게 힘이 들다니. 이게 평범한 인간들의 생활인가?"

멜로스에게 당한 부상 때문에 몸에 마나가 거의 없어지자 갑자기 마나가 사라진 여해가 생각이 난 레나가 여해가 말했었던 산을 걸어가고 있었다.

평소였다면 순식간에 산을 몇 바퀴 돌아다닐 수도 있었지만 지금은 드래곤 하트가 많이 손상된 상태라 단순히 걷는 행동만으로도 힘들었다.

후우. 후우.

'여해는 대체 이런 곳이 뭐가 좋다고 여기까지 들어와서 살고 있는 거야? 이참에 최수민한테 말해서 그 집으로 들어오라고 할까? 어차피 둘이 살기엔 엄청 넓던데.'

분명 여기 근처였는데.

여해가 알려주었던 장소를 찾기 위해 산 속을 벌써 1시간째 헤매고 있는데 사람의 흔적같은 것은 아무것도 보이지 않았다.

으으윽.

어딘가에서 들려오는 누군가의 앓는 소리. 레나가 그 소리에 이끌려 산 속 깊은 곳으로 걸어들어가기 시작했다.

"여해!"

백발이 무성한 한 노인. 머리카락뿐만 아니라 턱수염과 콧수염마저 하얗게 새어버린 한 노인이 나무에 기대어 앉아 있었다.

예전에 보여주었었던 엄청난 근육들은 어디로 갔는지 사라지고 없는 상태였고, 이제는 피골이 상접해버려 건장한 중장년같았던 여해는 이제 누가봐도 죽어가는 노인의 모습을 하고 있었다.

"쿨럭."

나무에 기댄채 기침을 하자 여해의 입에서는 피가 쏟아져 나왔고,

"이런 모습은 보여주고 싶지 않았는데. 하필 안좋은 타이밍에 왔군."

그 후에 여해가 레나를 바라보며 말을 했다. 또렷했던 눈은 이제 초점을 잃어가고 있는 상태.

게다가 마왕을 쓰러뜨렸던 여해의 검은 지팡이로 사용했던지 검 끝에 흙이 잔뜩 묻어있었다.

“여해… 왜 갑자기 이렇게 된 거야? 분명 얼마 전까지만 해도 엄청나게 건강했잖아. 마족들도 잡고, 몬스터들도 잡고.”

레나의 기억속에 남아있는 여해는 언제나 강했다. 누구보다 강했고, 절대 그 강함을 잃지 않을 것 같았다. 수천년간 보았던 인간들중 가장 강했었던 인간.

그가 지금 당장이라도 숨이 멎을 것 같은 모습을 보이자 레나의 눈에서 눈물이 한 방울 흘러내렸다.

무엇보다 지금 레나도 지금 자신의 힘을 거의 잃은 상태였기에 여해의 상황을 이해할 수 있었다.

그 누구보다 강했던 그가 이렇게 약해진 상태로 아무도 없는 곳에서 숨을 멎으려고 하다니.

“인간치고 너무… 너무나 오랜 세월을 살아왔는데 이게 당연한 모습이지. 다행히 조선 땅에 묻힐 수 있어서 다행이야.”

이미 평범한 인간이었다면 몇 번을 죽고 다시 태어났을 시간. 그 오랜 시간을 마나와 함께 건강한 신체로 살아왔지만 마나가 사라지자 평범한 노인이 되어 순식간에 급격하게 늙어버렸다.

"내가 내 마나라도 나누어줄 수 있으면 더 살 수 있을 텐데…."

"이제야 원하던 날이 왔는데… 그래도 가는 길이 외롭지 않아서 좋네."

여해는 있는 힘을 다해 레나의 손을 잡은 후 가만히 눈을 감았다.

'진짜 힘이 다 사라졌구나.'

그 순간 레나의 손을 잡은 여해에게서 더 이상 얕게 쉬던 숨소리가들려오지 않았고 레나의 손을 잡은 여해의 손이 바닥으로 떨어졌다.

"여해!"

그리고 그 순간 여해의 옆에 있던 여해의 검이 번쩍이더니 사라졌다.

◇

푸욱.

이번엔 정확히 상급 마족의 심장을 꿰뚫었다. 얼어붙어버린 상급 마족의 심장을 꿰뚫는 것은 몸 상태가 좋지 않은 최수민에게도 어려운 일이 아니었다.

[봉인된 지역에 있던 상급 마족 파라를 해치웠습니다.]

[히든 퀘스트 티어린 제국 초대 황제의 기운을 찾아라를 완료하였습니다.]

[봉인된 지역에 남아있던 티어린 제국 초대 황제의 기운이 몸 속으로 스며듭니다.]

[티어린 제국 초대 황제의 기운이 스며듭니다. 티어린 제국 초대 황제의 기운이 경험치로 변경되어 적용됩니다.]

[레벨이 올랐습니다.]

[레벨이 올랐습니다.]

또 다시 끝을 모르고 올라가는 레벨. 아블의 힘을 가지고 있던 김진수를 죽여서 얻었던 경험치보다 더 많은 경험치를 얻은 것인지 그 때보다 더 많은 레벨이 오르고 있었다.

'아참. 그러고보니 티어린 제국 초대 황제의 흔적을 찾아라 퀘스트도 있었구나. 거절할 수 없는 퀘스트였는데 어쩌다보니 완료해버렸군.'

처음 시작할때만 해도 SS급 히든 퀘스트라고 해서 엄청나게 긴장했었는데 결국 해냈다!

그리고 그 보상으로 충분한 경험치도 받았고, 또 다시 티어린 제국 초대 황제의 기운을 얻었으니 더 강해졌겠지.

좋아. 지금 몸 상태는 좋지 않지만 그래도 이것 저것 많이 얻었으니 아블과 싸울 때 도움이 되겠군.

'일단 지금 몸부터 회복해야 하겠다. 아직까지 눈도 잘 안 보이고 몸 상태가 완벽해져야 녀석을 상대할 수 있겠지.'

몸이 천천히 회복되고 있긴했지만 평소와 다르게 몸 속을 다친 상태라 빠르게 회복되지 않았다.

그건 그렇고 이번 봉인된 지역은 왜 이렇게 빨리 사라지지 않는 거야?

벌써 상급 마족을 해치운지 5분이 넘었지만 아직까지 봉인된 지역이 사라질 생각을 하지 않는다. 이거 뭔가 이상한데?

설마 회복될 시간을 준건가?

최수민에게 5분이란 시간은 시력과 청력이 정상으로 돌아오게 만들기 충분했다.

번쩍.

최수민의 시력이 완벽히 회복되는 순간 눈 앞에 빛과 함께 여해가 사용하고 있던 검이 생겨났다.

어라 이거 진짜 이순신 장군이 쓰시던 검인가?

[히든퀘스트 티어린 제국 초대 황제를 찾아라를 완료한 보상으로 티어린 제국 초대 황제의 검을 얻었습니다.]

[봉인된 지역이 모두 해제되었습니다. 서벨리 빙하에 있는 결계가 사라졌습니다. 이제 론디움에 상급 마족이 등장합니다.]

어. 진짜네? 진짜 이 검을 보상으로 주는 건가? 그럼 원래 장군님이 쓰시던 검은 어떻게 된 거지?

검을 받아서 자세히 살펴보니 진짜 사용하던 검이었는지 검의 손잡이에는 손때가 묻어있었고, 검 끝에는 흙이 잔뜩 묻어있었다.

에이. 이왕 주는 거면 새걸로 주지. 그래도 SS급 히든 퀘스트의 보상이니 좋은 검이겠지?

[티어린 제국 초대 황제의 검]

등급 : SS, 레전드

재질 : 철

능력 : 공격력 + 200%

모든 능력치 + 150%

마족을 상대할 때 추가 공격력 + 250%

마족을 상대할 때 추가 모든 능력치 + 150%

마족의 회복력 감소 70%

상대하는 마족의 능력치 감소 10%

설명 : 티어린 제국 초대 황제가 티어린 제국에 나타난 마왕을 죽일 때 사용했던 검이다. 마왕뿐만 아니라 수많은 마족들이 이 검에 목숨을 잃었고, 마족들에게는 유명한 검으로 마족이 이 검을 보게 될시 전의를 상실하여 모든 능력치가 10% 감소한다.

티어린 제국 초대 황제의 유품인 이 검은 능력을 갖춘 자에게 계승이 되었으며 마족을 상대할 때 유용하다.

검 끝에 흙이 묻어 있는 것부터 마음에 들지 않았지만 옵션을 보자 그런 마음은 이미 사라진지 오래였다.

넬의 검따위는 비교도 안되는 옵션.

정말 마족을 잡기 위해 설계된 것 같았던 봉인된 지역을 모두 끝내자 마족과 싸울 수 있는 힘뿐만이 아니라 마족과 싸울 때 필요한 중요한 무기까지 주어졌다.

이제 남은 것은 상급 마족들과 아블을 처리하는 것뿐.

'그러고보니 유품이라면… 돌아가신 건가?'

가장 최근에 보았을 때만해도 몬스터를 때려잡으시던 분이었는데.

잠시 감상에 젖으려고 하는 사이 마지막 봉인된 지역의 빛이 최수민의 몸을 감싸안았다.

그래. 지금은 감상에 젖을 때가 아니라 아블과 싸워서 지구와 론디움을 구할때지.

빛에 둘러싸인 최수민의 몸이 순식간에 봉인된 지역에서 사라졌다.

"계속 긴장한 채로 기다리는 것도 힘든데 이제 차라리 저 놈들이 빨리 나왔으면 좋겠다."

보이지 않는 결계속에 아직까지 갇혀있는 아블과 상급 마족들.

아블은 이제 다시 자리에서 일어나 움직이고 있었고 나머지 상급 마족들은 당장이라도 튀어나올 것처럼 자리를 지키고 서있었다.

어떤 상급 마족은 코끼리를 연상시킬만큼 거대한 덩치를 가지고 있었고, 어떤 상급 마족은 난쟁이만큼 작았다.

그럼에도 불구하고 그들에게서 느껴지고 있는 기운만큼은 무시할 수 없었다.

"저 놈들이 특별한 능력이 없어야할 텐데."

"이때까지의 상급 마족들을 생각해보면 그런 특별한 능력이 없는 것이 더 이상하지. 그나마 위협적이지 않은 녀석이길 바라는 수 밖에."

항상 평상심을 유지하고 있던 임동호였지만 지금 이순간만큼은 평상심을 유지할 수가 없었다.

상급 마족이 하나만 있는 것이 아니라 무려 네 마리. 게다가 지금 문제는 평범한 상급 마족들이 아니었다.

'저 놈은 정말 이길 수 있는 거겠지?'

임동호는 곧장 고개를 가로저었다. 지금은 약해질 때가 아니지. 자신감을 가지고 싸워도 힘들텐데.

"저 놈들이 움직이기 시작했습니다."

한 남자의 외침에 결계 속을 바라보자 상급 마족 네 마리와 아블이 임동호와 일행들이 있는 곳을 향해 걸어오기 시작했다.

"자. 이제 모두 준비해."

"다행히 이번엔 여기로 걸어나올 모양이군. 지구로 가지 않아서 다행이다."

배재준의 말처럼 눈 앞에 있던 상급 마족들은 하나도 빠짐없이 자신들을 향해 걸어나오고 있었다.

쿠웅.

당당하게 걸어나오던 상급 마족들과 아블. 상급 마족들은 무사히 결계가 있던 곳을 통과했지만 아블은 자신을 가로막는 무언가에 가로막혀 통과하지 못했다.

"뭐야? 저 한 놈은 못나오나본데?"

"아블? 저 놈만 통과하지 못하고 있는 건가?"

상급 마족들도 당황했는지 나오던 걸음을 멈추고 아블을 바라보고 있었다.

"저 놈들도 당황한 것 같은데요? 지금 바로 공격할까요?"

"잠깐만 기다려봐. 함정일 수도 있으니까."

1분, 2분이 지나도록 그 자리에서 벗어나지 못하고 있는 듯한 아블. 그리고 그런 아블을 기다리고 있는 상급 마족들.

"이쯤되면 함정이 아니라 저 놈들이 진짜 당황하고 있는 것 같은데요?"

"빨리 결정하시죠. 이런 찬스가 더 있을 것 같지도 않은데."

"아니. 함정일 확률이 1%라도 있는 이상 먼저 다가가지 않는다. 상급 마족들이 얼마나 영악한 놈들인데."

임동호는 길드원들의 제안에도 불구하고 당황하고 있는 상급 마족들을 가만히 바라만 보고 있었다.

"진짜 바라만 보고 있을 거냐? 엄청난 기회일지도 모르는데?"

"엄청난 기회에는 엄청난 위기가 숨어있기 마련이지. 최후의 싸움인만큼 안전하게 가고 싶어."

임동호의 말처럼 지금 이 싸움은 최후의 싸움.

5분쯤 지났을까? 그 자리에 멈춰있던 상급 마족들이 움직이기 시작했다.

'아블은 저기서 움직이지 못하는 건가? 아니면 무슨 꿍꿍이가 있는 걸까?'

가장 걱정했던 아블은 움직이지 않는 상태. 그나마 다행이라고 생각하며 한숨을 돌리려는 찰나 가장 덩치가 커다란 상급 마족이 순식간에 엄청난 거리를 좁히며 임동호와 일행들에게 다가왔다.

◇

싸움은 일방적으로 이루어지고 있었다. 상급 마족은 4마리. 그리고 임동호의 파티원도 4명.

각자가 상급 마족을 상대할 수 있는 실력을 가지고 있었는데 임동호와 파티원들뿐만 아니라 각자의 길드원들의 협공으로 순식간에 상급 마족들의 패색이 짙어졌다.

"생각보다 너무 쉬운데? 론디움 최후의 날이라고 하기엔 너무 허전한 걸."

"아블에게 문제가 생긴 건 확실한 것 같군. 이렇게 일방적인 싸움이 되어가는 데도 저기서 가만히 서있다니."

너무나도 여유로운 싸움. 그 덕분에 상급 마족들과 싸우고 있던 사람들은 그나마 남아있던 한 줄기 긴장의 끈마저 놓아버렸다.

그렇게 모두의 긴장이 풀릴 때, 무력 길드원들 중 하나가 다른 무력 길드원의 복부에 검을 박아넣었다.

푸욱.

예상조차 하지못했던 공격.

"이봐. 너무 긴장을 푼 거 아니야? 똑바로 보고 공격해!"

복부에 검이 박힌 남자가 뒤를 돌아보며 소리치자 이번엔 복부가 아닌 목을 향해 검이 날아오고 있었다.

이건 실수가 아니라 고의 같은데? 왜 이러는 거지?

스파이가 숨어있었나?

까앙!

날아오는 검을 겨우 막아내고 한 소리를 하려는 남자의 눈에 다른 길드원들이 각자의 길드원들을 공격하고 있는 모습이 보였다.

'이게 무슨 일이야?'

분명 다같이 힘을 합쳐서 상급마족을 공격하고 있었던 사람들이 왜 갑자기 저런 행동을 하는 거지?

"저기 몬스터들이 몰려옵니다!"

공격을 당하고 있던 사람들중 하나가 서벨리 빙하 입구 부근을 가리키며 소리쳤다.

"입구 부근에 몬스터가 접근 못하게 사람들을 충분히 배치

해뒀는데 어떻게 된 거야?"

상급 마족을 상대할 실력이 되지않는 사람들이라고 놀고만 있지는 않았다.

그런 사람들에게는 상급 마족들을 상대하는동안 몬스터의 접근을 막는 역할을 주었었는데 갑자기 어마어마한 숫자의 몬스터들이 서벨리 빙하를 가득 채워왔다.

"어디서 이렇게 많은 몬스터가?"

론디움에 있는 모든 몬스터가 여기로 온 것일까?

임동호의 시야에는 더 이상 빙하가 보이지 않을정도로 많은 몬스터들만이 보였다.

약한 몬스터로는 평범한 트롤이나 오우거부터 강한 몬스터로는 던전이나 필드에 돌아다니는 보스급의 몬스터들이었다.

'지금 사람들도 이상한 상황에 몬스터들이라니. 점점 상황이 안 좋아지는데….'

상급 마족들을 거의 해치웠다고 생각했었는데 이게 대체 무슨 일이란 말인가.

"정신차려. 왜 이래 다들."

몬스터들이었다면 차라리 공격을 해서 처리했을테지만 지금 임동호를 비롯한 길드원들을 공격해오는 것은 또 다른 길드원들이었다.

그때문에 함부로 반격을 가하지 못한 채 힘겹게 공격을 피하기만 했다. 그도 그럴 것이 오래 전에 헤어진 동료가 아니라 방금까지 함께 상급 마족을 공격하던 동료였다.

"젠장. 아무래도 너무 일이 쉽게 풀린다했더니. 정신계 마법공격을 해오는 상급 마족이 숨어있었나보군."

"제일 짜증나고 힘든 타입이잖아. 하필 이럴 때에…."

그나마 상급 마족들은 거의 죽어가던 상황이었기에 적극적으로 전투에 참여하지 못하고 있었다.

"저놈들이 힘을 회복하기 전에 처리해야하는데."

"잠깐. 그런데 이 상황을 만든 놈들이 저 녀석들이 아닐 수도 있을 것 같지않아?"

멀리서 싸우고있던 레이첼이 어느새 임동호의 옆까지 다가와있었다.

"상급 마족들이 아닌데 이런 정신계 공격을 해온다고? 우리가 파악하지 못한 강한 녀석이 더 있었던 건가?"

"지금 이 몬스터들이 여기까지 온 것도 그렇고 자연스럽게 일어난 상황은 아닌것 같잖아?"

레이첼의 말을 들으니 무언가 이상하긴했다. 하긴 상급 마족들이 사람들을 조종할 수 있는 능력이 있었으면 진작에 사용했겠지.

"아블이 계속 결계속에 갇혀 있어서 다른 녀석이 있을 거라는 생각을 못 했었는데. 그래도 저 상급 마족들부터 처리해야겠지."

몬스터들은 그렇게 강하지않다. 상급 마족은 지금이 아니면 기회가 없을지도 모른다.

하나도 아니고 무려 4마리나 있으니까.

임동호는 자신을 공격해오는 길드원의 검들을 요리조리 피하며 상급 마족을 향해 달려갔다.

"아까처럼 하나씩 맡아. 다른 길드원들에겐 미안하지만 그 사람들을 지켜주는 것보다 상급마족들이 우선이다."

"우리를 너무 얕보는 거 아닌가? 고작 한명씩 우리에게 다가오다니."

상급 마족들은 자신들을 향해 다가오고 있는 임동호와 일행들을 향해 외쳤다.

그도 그럴 것이 이때까지 일대일의 싸움이 아니라 십대일, 아니 이십대 일의 싸움을 하고 있었으니까.

"지금 너희들이야 충분하지."

푸욱.

"으아악!"

임동호와 그의 파티원들이 상급 마족들에게 다가가는동안 뒤에서 비명이 터져나왔다.

'미안하다. 일단 이 놈들이 더 급하니까.'

"커억!"

"으악!"

점점 짧아지는 비명의 주기.

그 비명의 소리때문에 임동호도 고개를 뒤로 돌려볼 수밖에 없었다.

"저놈인가."

고개를 돌려본 임동호의 눈에는 두눈이 완전 새빨개진 채로 무력길드원과 다른 길드원들을 무차별적으로 공격하고 있는 이규혁이 보였다.

"조심해!"

푸욱.

그리고 그 순간을 놓치지않은 상급마족의 공격이 임동호의 가슴팍을 꿰뚫었다.

4장. 아직 마지막이 아니야?

4장. 아직 마지막이 아니야?

'젠장. 큰일날 뻔했군.'

상급 마족의 공격이 임동호의 가슴팍을 꿰뚫었지만 다행스럽게도 상급 마족은 거의 죽어가는 것이나 마찬가지였기에 임동호에게 치명상을 입히지 못했다.

"칫. 조금 얕았나? 힘이 너무 빠져서 한 방에 죽이지 못했군."

"이제 시작인데 너무 아쉬워 하지마."

아쉽다는 듯이 입맛을 다시는 상급 마족. 그리고 그 옆에 있던 덩치 큰 상급 마족이 임동호를 공격했던 상급 마족을 위로했다.

"작전대로 되어서 괜찮긴한데. 인간 녀석 너무 늦었잖아.

역시 인간은 믿으면 안된다니까."

"그나저나 역시 아블님의 능력은 대단하군. 인간이 저렇게 많은 몬스터들을 끌고 다닐 수 있게 하다니."

상급 마족이 감탄할 정도로 많은 몬스터들.

그 몬스터들은 무력 길드원들을 비롯한 사람들을 공격하고 있었고, 그 사이에서 이규혁이 사람들을 하나씩 죽여가고 있었다.

'제기랄. 너무 안일했다. 마족들이 이렇게 전략적인 지능까지 가지고 있을 줄이야.'

마족도 하나의 몬스터라는 생각으로 평범한 전략을 가지고 왔건만, 이 놈들은 강하기만 한 것이 아니라 나름의 전략을 가지고 있기도 했다.

임동호의 눈에 들어온 광경은 그야말로 아수라장이었다.

무력 길드원들과 지혜 길드원, 그리고 다른 길드원들은 서로가 서로를 공격하고 있었고, 그런 길드원들을 몬스터들이 둘러싼채 공격하고 있었다.

그 사이에서 빈틈이 생긴 사람들은 이규혁이 직접가서 공격을 하여 처리하는 반복적인 과정.

휘이익.

아수라장을 지켜보고 있던 임동호를 향해 상급 마족의 공격이 날아왔다.

분명 지쳐버린 상급 마족의 공격이기에 피할 수 있을 것 같았지만 부상을 입은 임동호의 몸이 마음대로 움직이지 않았다.

까앙.

"체력 회복 물약 남는 것 있어? 일단 물약부터 마시고 와."

임동호가 상급 마족의 공격에 당하려고 하는 찰나 레이첼이 달려와서 그 공격을 막아냈다.

"그래. 부탁할게."

앞에는 상급 마족, 뒤에는 몬스터들과 아수라장이 된 길드원들.

그 상황에서 임동호의 머리 속에는 최수민밖에 떠오르지 않았다.

◇

'뭐지? 서벨리 빙하에 왜 이런 몬스터들이 있는 거야?'

마지막 봉인된 지역까지 모두 해제하고 티어린 제국 초대 황제의 검을 들고 있는 최수민은 던전에서 나오자마자 서벨리 빙하로 향했다.

마지막 상급 마족인 파라와의 싸움에서 몸 내부를 다쳤지만 티어린 황제의 마지막 기운까지 얻으며 몸상태가 꽤 회복이 된 상태였다.

'김진수를 죽이면서 김진수의 힘과 아블의 힘의 일부도 얻었고, 티어린 제국 황제의 마지막 기운까지 모두 얻었으니

몸 상태가 완벽하지 않아도 오히려 이전보다 더 상황이 좋다.'

마침 눈앞에 티어린 제국 초대 황제의 검의 위력을 실험할 수 있는 몬스터들이 널려있었다.

아무리 검이 좋아도 손에 익어야 쓰는 법. 괜히 검의 옵션이 좋다고 해서 손에 익은 넬의 검을 버리는 것보다 오히려 넬의 검을 쓰는 게 좋을지도 모르니까.

마침 눈 앞에 보이는 녀석들은 그렇게 강하지도 않으니 티어린 제국 초대 황제의 검을 손에 익게 할 수 있는 좋은 기회!

크아아악!

거칠게 포효하는 트롤과 오우거들.

그리고 자신들의 시야에 들어온 최수민을 향해 조잡한 무기들을 들고 빠른 속도로 뛰어왔다.

크아악!

언제 들어도 이 놈들은 참 무식한 소리를 내는 것 같단 말이야?

오우거보다 빠른 속도로 최수민에게 다가온 트롤이 양손에 들고 있던 나무 몽둥이를 최수민을 향해 휘둘렀다.

휘이익.

뭐야? 서벨리 빙하로 온 녀석들이라 평범한 몬스터들이랑 다른줄 알았더니 평범한 트롤이었던가?

트롤이 강한 힘으로 휘두른 나무 몽둥이는 파리는 잡을

수 있을까? 싶을 정도로 비실비실 날아왔고.

서걱.

최수민은 검을 가로로 길게 휘두르며 트롤의 나무 몽둥이와 트롤의 몸을 한 번에 반으로 잘라내었다.

예리한 칼날에는 트롤의 피조차 묻어나오지 않았고 반으로 잘려나간 트롤의 몸은 전혀 회복되지 않았다.

'검의 무게와 길이가 미묘하게 달라서 그런지 평소같지가 않은데?'

분명 검의 성능은 이전보다 좋았지만 미묘하게 감각이 다르다. 이런 상태라면 이전보다 강해졌어도 아블을 상대할 수 없다.

크아아악!

동료 트롤 하나가 죽자 옆에 서 있던 트롤이 더 거친소리를 내지르며 최수민을 향해 달려왔다.

"좋아. 이 놈들 사실 내 손에 검이 익게하려고 나타난 보너스 몬스터 같은 건가?"

대충봐도 수백, 수천마리가 넘는 몬스터들이 넘치고 있는 서벨리 빙하. 최수민은 자신을 향해 달려오고 있는 트롤의 목을 몸과 분리시킨 후 몬스터들이 있는 곳을 향해 달려갔다.

서걱.

푸욱.

이 검 점점 손에 익으니까 진짜 장난 아닌데?

중급 마족이 사용했었던 넬의 검도 어마어마하게 좋았지만 티어린 제국 초대 황제의 검과는 비교할바가 아니었다.

검 자체의 성능이라기 보다는 몸 속에 흐르고 있는 티어린 황제의 기운이 기억하고 있는 검이라고 해야하나.

이제껏 이 검을 기다려 왔다는 듯 최수민의 몸은 약한 몬스터들을 만나 미친 듯이 날뛰었고, 수많은 몬스터들은 순식간에 시체들로 변해갔다.

'이제 검은 손에 익은 것 같은데. 몬스터들이 너무 많다.'

여기에 이렇게 많은 몬스터들이 있으면 아마 임동호와 일행들이 있는 곳에도 몬스터들이 많을 텐데.

몬스터들은 최수민이 잠시 생각할 틈도 주지 않은채 끊임없이 밀려왔다.

"이제 그만 꺼져라. 너희한테는 더 이상 볼일 없으니까."

최수민의 마나를 가득 담은 목소리에 갑자기 밀려오던 몬스터들이 움직임을 멈추었다.

자신들을 조종하고 있는 이규혁보다 더 엄청난 기운. 몸 속 깊은곳에서 느껴지는 공포에 몬스터들은 움직임을 멈추더니 최수민의 말대로 슬금슬금 다른 곳으로 걸어가기 시작했다.

뭐야? 이 놈들 갑자기? 아무나 조종할 수 있는 거였나?

"멈춰!"

이번엔 마나를 잔뜩 담은 목소리로 몬스터들에게 외쳤다. 그러자 슬금슬금 움직이던 몬스터들이 그 자리에 멈춰섰다.

어라? 진짜 되네?

최수민의 말이 끝난 이후로 전혀 움직이지 않고 있는 몬스터들. 어마어마한 숫자의 몬스터들로 구성된 박물관에 온 것은 아닐까 하는 느낌이 들정도였다.

설마 이 놈들 내가 움직이면 뒷통수를 치려고 이러고 있는건 아니겠지?

최수민은 가만히 멈춰있는 몬스터들을 경계하며 한 걸음씩 옮기기 시작했다.

한 걸음, 두 걸음. 계속 걸어도 몬스터들은 최수민이 시킨대로 가만히 멈춰서있기만 했다. 죽은 듯이 숨만 쉬고 있는 몬스터들.

'저 놈들을 내가 원하는 대로 싸우게도 할 수 있을까?'

가만히 멈춰있는 모습이 자세히 보니 명령을 내려주기만을 기다리는 강아지 같았다. 비록 놈들의 모습은 강아지와는 비교가 안되었지만.

만약 원하는대로 싸울 수만 있다면 어떻게든 도움이 될 것 같았다.

"따라와."

최수민의 말 한마디에 가만히 있던 몬스터들이 하나같이 최수민의 뒤로 모여들기 시작했다.

"오른쪽으로 움직여."

우당쾅쾅쾅.

굉음을 내며 움직이는 몬스터들. 그 모습을 보며 최수민이 흐뭇한 미소를 지었다. 나도 군단을 이끄는 건가?

"가자!"

간단한 몇 번의 명령을 해본 최수민은 몬스터들을 향해 소리쳤다.

흙 한줌 없는 빙하지방이었지만 대규모의 몬스터들이 움직이자 마치 흙먼지가 일어나는듯한 착각을 일으켰다.

'근데 이 놈들 왜 갑자기 내 말을 듣는 거지? 아블의 기운 때문에 몸에 무슨 이상이 생겼나?'

최수민은 옛날 일이라 까맣게 잊고 있었지만 최수민이 잡종 드래곤이 된 이후에 빙하 지역과 바다 지역에 있는 몬스터들을 조종할 수 있긴했다.

처음 잡종 드래곤이 되었을 때는 드래곤 하트의 기운이 너무 약했기에 그 능력이 발휘되지 않았지만 이제는 멜로스의 기운덕분에 그 능력이 제대로 발휘될 수 있었다.

"젠장. 이제 정신 좀 차려봐!"

무력 길드원 강철호가 이성을 잃고 공격을 해오는 다른 무력 길드원의 공격을 막아내며 소리치고 있었다.

이유는 알 수 없지만 계속 자신을 공격해오는 다른 길드원들. 그리고 강철호의 주변으로 아직까지 제 정신으로 서 있는 사람들이 모여있었다.

"제길. 몬스터들이 우리만 공격을 하고 있잖아."

"몬스터에 신경쓰랴, 이규혁에 신경쓰랴 이거 정신 사나워서 죽겠네."

제 정신이 아닌 무력 길드원의 공격을 막으면 옆에서 몬스터들의 공격이 이어진다.

평범한 몬스터들이 아닌 보스급 몬스터들의 공격. 단순한 타격이 아니라 마법 공격까지 해오는 녀석들의 공격을 겨우 막으면 다음 번에는 이규혁의 공격이 이어지는 아수라장의 연속이었다.

"흩어지지 마! 마법 공격은 그냥 버텨야해. 지금 흩어지면 누가 적인지 구분도 안 돼!"

"커억!"

힘들게 버티는 와중에 작은 빈틈이 생기자 몬스터들 사이에서 나타난 이규혁이 무력 길드원들 중 한 사람의 복부에 검을 박아 넣은 후 몬스터들 사이로 사라졌다.

"제기랄. 저 쥐새끼 같은 놈이!"

이규혁은 아무렇지도 않다는 듯이 몬스터들 사이로 들어갔지만 이규혁을 따라가는 순간 몬스터들에게 죽는다는 것을 알기에 따라들어가진 못했다.

"몬스터들만 없었어도!"

동료들이 당하고 있는 모습을 바라만 보고 있어야 하다니. 그나마 다행인 것은 물약을 마신 임동호와 일행들이 상급 마족들을 거의 다 죽여가고 있다는 점.

'그런데 저것들은 또 뭐야?'

힘겹게 싸우고 있는 강철호의 눈앞에 구름같이 밀려오는 몬스터들이 보였다.

'젠장. 여기서 이대로 끝나는 건가?'

지금 자신들을 공격하고 있는 몬스터들과 이규혁만으로도 벅찬데 또 다른 몬스터들이라니.

"젠장. 여기서 끝인가?"

"아니야. 저기 최수민인 것 같은데?"

구름같이 몰려오는 몬스터들, 그 앞에 파란 머리를 하고 있는 남자가 앞장서서 걸어오고 있었다.

"저렇게 많은 몬스터들이 서벨리 빙하를 지키고 있었던 건가?"

강철호와 무력 길드원들의 얼굴이 급속도로 어두워지기 시작했다. 임동호와 일행들이 상급 마족들을 물리친 후에 몬스터들과 이규혁을 처리하면 될거라고 생각했었는데 그 몬스터들의 숫자가 생각보다 훨씬 많았다.

쿵쿵.

몬스터들의 움직임이 빙하로 이루어진 땅을 부숴버릴 기세로 강철호와 일행들을 향해 달려오기 시작했다.

"이제 끝인가?"

"아니? 끝이 아니라 시작같은데?"

최수민의 뒤에서 달려오던 몬스터들이 이규혁을 지키고 서있던 몬스터들을 공격하기 시작했다.

이때까지 한 번도 보지 못했던 광경. 몬스터들이 몬스터들을 공격하는 가운데 최수민이 몬스터들의 중심을 향해 도약했다.

◇

서걱.

한 지역의 보스 몬스터였던 녀석의 몸이 최수민의 공격으로 한 번에 몸이 두동강이 났다.

"멈춰!"

최수민은 서벨리 빙하 입구에서 했던 것처럼 몬스터들을 향해 소리쳤다. 그러자 최수민을 따라왔던 몬스터들이 일제히 움직임을 멈추었다.

그런데 왜 저 녀석들은 멈추지 않는 거지?

"다시 싸워!"

이놈들 일일이 말을 해줘야 아는 건가? 은근히 답답하네. 답답한 놈들치고 꽤 도움이 되기도 하는 것 같기도하고.

그런데 이건 무슨 상황이지? 왜 서로 치고박고 싸우고 있는 거야? 몬스터들이 여기 있는 것과 관련이 있는 건가?

멀리서는 임동호와 일행들이 상급 마족들과 싸우고 있었고 가까운 곳에서는 무력 길드원들과 길드원들이 서로 싸우고 있었다.

'일단은 상급 마족들부터 정리해야겠군. 아마 이 상황도 상급 마족들이 만든 거겠지.'

봉인된 지역에서 상급 마족들에게 이런 저런 경험을 많이 했기에 최수민은 가장 먼저 상급 마족들을 향해 달려갔다.

휘이익.

상급 마족을 향해 달려가는 최수민에게 한 자루의 검이 날아왔다.

'뭐야? 어떤 자식이야?'

검이 날아온 방향을 바라보자 그 곳에는 눈이 온통 새빨간 색으로 변해있는 이규혁이 최수민을 바라보고 있었다.

"그래. 이규혁 너도 남아있었구나."

몬스터들이 많은 곳에는 이규혁이 있다는 것을 잊고 있었는데, 지금 보니 확실하네.

이때까지의 가정들이 확실해지는 것을 확인한 최수민은 상급 마족이 아니라 이규혁을 향해 방향을 틀었다.

◇

이규혁과의 악연, 아니 인연이라고 해야하나?

튜토리얼 지역에서부터 시작되었던 이규혁과의 인연은

튜토리얼에서 끝나는 걸로만 알았는데 이렇게 질긴 인연일 줄이야.

한때는 같이 다니던 일행이었고, 언제부터인지 모르겠지만 갑자기 적으로 돌아서버린 이규혁.

처음부터 이규혁이 최수민의 상대가 될 수 있었던 적이 없었지만 언제부터인지 이규혁은 최수민과 검을 맞대왔다.

그리고 지금도.

까앙.

분명 상당히 강해져서 이제는 이규혁정도는 한 번의 공격으로 이길 수 있을 줄 알았다. 아무리 이규혁이 강해졌어도 설마 얼마나 강해졌겠어?

티어린 제국 초대 황제의 검, 그리고 완성된 몸. 이때까지의 자신과 비교해서 가장 강해진 상태인데.

그래서 쉽게 이길 수 있을 줄 알았는데 이규혁은 힘겹게 최수민의 공격을 몇 번 막아내었다.

"어떻게? 어떻게 이렇게 빠르게 강해진 거지?"

자신의 검을 막아내고 있는 이규혁을 향해 자신도 모르게 말이 튀어나왔다.

분명 최수민 자신도 말도 안되는 빠른 속도로 강해지고 있었지만 이규혁이 강해지는 속도도 상상할 수 없을 정도로 빨랐다.

지금 이 검과 함께라면 상급 마족도 순식간에 잡을 수 있을 것 같았는데 어떻게 이규혁이?

"그건 내가 하고 싶은 말인데? 도대체 어떻게 하면 이렇게 항상 빠른 속도로 강해질 수 있는 거지?"

새빨개진 눈을 가지고 있으면서도 김진수처럼 의식이 또렷하게 남아있는지 최수민의 말에 대답을 하는 이규혁.

이규혁도 최수민에 대해 같은 생각을 가지고 있었다. 이때까지 자신보다 강한 사람은 없었는데, 비록 강한 사람이 있더라도 노력을 하면 자신이 이기지 못했던 상대가 없었다.

그러나 최수민은 달랐다. 강해졌다 싶으면 오히려 자신보다 훨씬 더 강해졌고 급기야는 과연 따라잡을 수 있는 존재인가 하는 생각까지 들었다.

"피차 이유는 알 수 없지만 서로 많이 변했군."

최수민 자신은 죽었다 살아나면서 그리고 멜로스와 티어린 제국 황제의 기운을 받으며 튜토리얼 지역에서의 최수민의 모습을 아예 찾아볼 수가 없는 상태.

그리고 이규혁은 양눈이 새빨개져 있었고. 게다가 알 수는 없지만 몬스터들을 조종할 수 있다. 아 이건 나도 마찬가지인 건가?

푸욱.

이규혁과 최수민의 검이 동시에 허공을 꿰뚫었고 이규혁의 검보다 더 빠르게 날아간 최수민의 검이 이규혁의 복부를 꿰뚫었다. 그러자 최수민이 조종하고 있는 몬스터들과 싸우고 있던 몬스터들이 잠시 움직임을 멎었다.

퍼억, 콰앙.

그 짧은 순간에 최수민의 명령을 받고 있는 몬스터들이 이규혁의 통제를 받고 있던 몬스터들에게 강한 타격을 날렸다.

"어라? 우리가 왜 싸우고 있는 거지?"

"잠깐! 왜 우리를 공격하고 있는 거야?"

동시에 서로를 공격하고 있던 제정신이 아닌 무력 길드원들의 움직임도 잠시 멈추었다.

"너희가 먼저 우리를 공격해왔잖아. 기억이 안 나는 거야?"

"미안하다. 전혀 기억이 나지 않는 걸."

이규혁의 복부에 박혀있던 최수민의 검이 뽑혀져 나오자 다시 정신을 잃은 무력 길드원들이 다른 무력 길드원들을 공격하기 시작했다.

"뭐야? 연기하는 거였어? 방심했다가 죽을 뻔했네."

이규혁이 조종하고 있던 몬스터들이 죽은 것과는 반대로 이번엔 제정신인 무력 길드원들이 상당히 피해를 입었다.

"아무래도 널 죽여야 이 상황이 해결되는 것 같군."

어떻게 하는 건지는 몰라도 이규혁에게 데미지를 주었을 때 잠시 몬스터들이 멈추고 사람들이 제정신을 차린다.

이규혁이 아무리 천재적인 재능을 가지고 있어도, 아무리 빠른 속도로 강해졌어도 그것보다 더 강해진 최수민의 공격을 막아내기는 역부족이었다.

최수민의 검이 현란하게 움직이자 이규혁은 겨우 검을 움직이며 최수민의 공격을 몇 번 막아내었지만 이규혁의 몸에 상처가 하나 둘씩 늘어갔다.

이규혁의 몸에 상처가 하나둘씩 늘어갈수록 무력 길드원들의 정신이 되돌아오고, 이규혁이 조종하고 있는 몬스터들의 움직임이 둔해졌다.

"아블에게서 받은 힘인가? 몬스터를 조종하는 것과 사람들을 움직이는 힘 모두?"

질문을 던지고 나니 뭔가 이상하다. 김진수도 아블에게서 분명 힘을 받았다고 했었는데 김진수는 이런 일을 못했던 것 같은데?

아니. 애초에 이런 몬스터들을 부릴 필요도 없었던 건가? 아니면 아블이 아닌 내가 모르는 또 다른 마족이 더 있는건가?

"왜 대답을 안 하는 거지? 아블이 아니라 또 다른 마족이 있는 건가?"

푸욱.

다시 한 번 최수민의 검이 이규혁의 다리를 관통하자 이규혁은 아무렇지도 않다는 듯이 뒤로 물러나며 비릿하게 미소를 지었다.

"아블이 아니라 또 다른 마족? 그건 당연한 것 아닌가? 지구에 수많은 인간들이 존재하는 것처럼 마계에는 수많은 마족이 존재하고 있지."

"여기 소환된 녀석들 말고도 마족들이 더 있다고?"

그래. 마족들도 어딘가에 살고는 있겠지. 그런데 그 마족들이 지금 여기 있다는 것과 어딘가에 살고 있는 것은 완전히 다른 일.

지금도 상급 마족 네 마리를 처리하기 위해서 이렇게 많은 사람들이 모여있는데. 물론 아블을 처리해야하기도 하지만.

이제 능력자들이 힘을 잃을지도 모르는데 왠 뚱딴지같은 소리야?

"왜 겁나나? 참고로 아블은 마족 서열 5위밖에 안된다. 아직 그 위로 더 강한 마족들이 있다는 소리지."

다섯 손가락을 펼쳐보이며 말을 하는 이규혁. 그런 이규혁의 얼굴엔 미소가 가득했다.

지금 이 싸움의 패배따위는 전혀 관계없다는 듯이.

"그래? 그럼 별거 아니네. 앞으로 다섯 마리만 더 물리치면 된다는 거잖아?"

물론 아블부터가 문제긴 하지만. 아직까지 싸워보지 않아서 결과는 모르는 거고.

그런데 이규혁은 이걸 또 어떻게 알고 있는 거지?

"잘 해봐. 과연 어떻게 될지 궁금하군."

이야기를 끝낸 이규혁의 몸이 암흑 마나로 둘러싸이더니 어디론가 사라질 준비를 하기 시작했다.

"사람 잔뜩 궁금하게 만들어놓고 이대로 사라지려고? 누구 마음대로."

사라지려고 하는 이규혁을 향해 최수민이 검을 들고 달려갔지만 이규혁의 몸은 이미 사라진지 오래였다.

눈이 빨간 놈들은 다 저러는 건가? 항상 저런식으로 사라진단말이야. 하지만 하나는 확실하다. 이규혁은 다시 나타날 것이고 아블이 론디움의 끝이 아닐 수도 있다는 것.

이규혁이 사라지자 이규혁의 통제를 받고 있던 몬스터들은 움직임을 잠시 멈추었다가 본능에 의해 움직이기 시작했다.

주위에 있는 사람들을 공격하기도 했고, 자신들을 공격하고 있는 몬스터들을 공격하기도 했다.

"잠깐! 이제 정신이 들었어 그만해!"

"이제는 진짜 정신이 들었다고!"

그리고 제정신이 아니었던 무력 길드원들과 다른 길드원들도 정상으로 돌아왔고.

하지만 그 사람들을 믿을 수 없다는 듯 모두가 경계심을 늦추진 않았다.

"그걸 어떻게 믿어? 아까도 그렇게 말해놓고 공격했잖아."

"진짜 제 정신이 돌아온 게 맞으면 무기를 다 땅에 버려."

서로 믿지 못하는 상황에서 제정신으로 돌아온 사람들은 각자의 무기를 버렸고, 몬스터들과 맞서싸우면서 그들이 제정신으로 돌아왔다는 것을 증명했다.

"대체 무슨 일이 있었던 거지? 누가 내 몸을 조종했었는데."

"아마 이규혁에게 조종 당했던 것 같아. 이규혁이 사라지니까 정상으로 돌아온 걸 보니까."

아직까지도 자신들에게 무슨 일이 있었는지 전혀 알지 못하는 사람들. 다행스럽게 조종 당한 사람들은 조종 당하지 않은 사람들보다 약한 사람들이었기에 그들의 손에 의해 죽은 사람들은 없었다.

단지 죽은 사람들은 밀려드는 몬스터들의 공격이나 틈틈이 있었던 이규혁의 공격에 의해서였고.

"몬스터들을 부탁합니다. 전 저기 상급 마족들을 처리하러 갈 테니까요."

제정신으로 돌아온 사람들 옆에서 최수민이 상급 마족을 향해 달려가며 말했다.

임동호와 사람들에겐 미안하지만 상급 마족의 마무리는 내손으로 해야한다. 다른 사람들이 죽이면 그냥 경험치가 되지만 내가 죽이면 마족의 힘의 일부를 얻을 수 있거든.

그 때문에 쉬지 않고 서벨리 빙하까지 달려왔기도 했고. 어떻게 보면 시간을 끌어준 이규혁덕분에 상급 마족들이 아직까지 죽지 않은 건지도 모르니 고맙다고 해야하나.

게다가 아블 말고도 더 강한 녀석들이 있다고 하니 수단과 방법을 가리지 말고 더 강해져야만 했다.

"최수민! 드디어 왔군!"

임동호가 다가오고 있는 최수민을 반갑게 맞이해주었다. 가슴팍에 피가 흘렀던 자국이 남아있었지만 지금은 물약으로 인해서 피는 멎어있었다.

'다행이다. 마침 힘들어서 쓰러지기 직전이었는데.'

물약으로 겨우 피를 멎고 상처가 치료된 것 같았으나 계속 해서 전력으로 싸워야했기 때문에 임동호의 몸상태는 말이 아니었다.

그런 상황에서 최수민이 다가오자 천군만마를 얻은 것보다 더 안심이 되었다.

"우선 저 녀석들부터 처리하죠."

임동호의 상태만큼 상급 마족들의 상태도 좋지 않았기에 빨리 처리를 해야했다. 그런데 아블을 상대로 이 정도로 버텼다니 아블녀석 생각보다 강하지 않은 건가?

최수민은 말을 마친 후 임동호와 싸우고 있던 코끼리만 한 크기의 상급 마족을 향해 달려가서 검을 휘둘렀다.

서걱.

어? 이게 이런 느낌이었나? 너무 타격감이 찰진데?

일반 몬스터를 상대할 때와 다르게 마족을 상대로 티어린 제국 초대 황제의 검을 휘두르자 마치 무를 잘라내는 것처럼 마족의 피부를 쉽게 베어내었다.

아. 이때까지 닭잡는데 소잡는 칼을 썼었구나. 갑자기 칼한테 미안해지네.

"커억."

응? 덩치가 큰 놈이라서 그런지 녀석의 다리에서 엄청나게 많은 피가 흘러나온다.

"그 검은? 무슨 검이길래 저 놈의 회복력이 소용이 없게 만드는 거지?"

"역사가 있는 검이죠. 그런데 아블은? 아블도 여기 있는 거에요?"

질문을 하고 보니 멜로스의 몸이 있던 곳에 마족 하나가 떡 하니 자리를 잡고 서있다. 아마 저 놈이 아블이겠군.

그런데 왜 혼자 저기서 폼을 잡고 있대? 주인공은 제일 마지막에 나타난다는 건가?

"아니. 저기 혼자 서 있는 녀석 보이지? 어떻게 된 건지는 모르겠지만 저기서 빠져나오지 못하더라고. 한 10분정도 기다렸는데 말이야."

임동호도 이유를 알지 못하는 일. 도대체 무슨 일이지? 봉인된 마법진을 다 해제하면 론디움 최후의 날이 다가오는 것 아니었나?

"일단 이 녀석들부터 처리를 하면 어떻게 된 일인지 알 수 있겠죠."

여유롭게 대화를 나누며 상급 마족의 공격을 피하기만 하던 최수민의 태도가 돌변했다.

'이 놈들을 상대하는 동안에도 아블은 힘을 회복하니 최대한 빨리 처리해야한다.'

상급 마족의 공격이 최수민의 몸을 향해 날아오자 최수

민은 공격을 피하지 않고 앞으로 몸을 날렸다.

타앗.

상급 마족의 공격을 피한채 코끼리같이 거대한 녀석의 몸을 타고 올라갔다.

드래곤의 몸도 타고 올라갔는데 이런 녀석쯤이야.

마치 암벽 등반 전문가가 된 것처럼 잡을 곳 하나 없어보이는 녀석의 몸을 타고 올라간 최수민이 도착한 곳은 상급 마족의 목덜미.

빠각.

상급 마족은 자신의 목덜미에 올라탄 최수민을 떨어뜨려 놓기 위해 최수민에게 손을 뻗었지만 최수민의 악력에 오히려 손가락이 부러지고 말았다.

푸욱.

그리고 이어지는 최수민의 공격이 상급 마족의 목에 부드럽게 박혀들어갔고,

서걱.

그대로 검을 옆으로 휘둘러 상급 마족의 목을 베어냈다.

붉은 피를 흩뿌리며 순식간에 생을 마감한 상급 마족에게서 흘러나온 기운이 최수민에게 전달되었다.

'이번에도 강해진 것 같은데 메시지는 생기지 않네. 대체 무슨 일이지? 다른 사람들도 나랑 비슷한 상태인가?'

분명 힘이 강해지긴 했는데, 예전처럼 상급 마족을 누구를 처리하여 상급 마족의 힘 5%를 얻었습니다. 같은 멘트가

생기지 않았다.

'그건 일단 나중에 물어보고 저 상급 마족들이 죽기 전에 빨리 처리해야겠다.'

최수민은 궁금한 것들을 뒤로한채 눈 앞에 보이는 거대한 경험치들을 향해 달려갔다.

◇

푸욱.

남아있던 상급 마족 두 마리중 한 마리가 최수민의 검에 심장을 관통당한채 땅으로 쓰러졌다.

그리고 그 순간 상급 마족의 기운 중 일부가 최수민의 몸으로 들어오며 다시 한 번 강해지는 것을 느꼈고.

임동호와 일행들, 그리고 무력 길드원들과 다른 길드원들에 의해 만신창이가 되어 있는 상급 마족들을 처리하는 것은 어려운 일이 아니었다.

아마 최수민이 오지 않았어도 충분히 상급 마족들은 정리되었겠지만 최수민이 와서 상급 마족을 공격하자 불에 닿은 마시멜로처럼 순식간에 처리되어버렸다.

"대단하네. 진짜. 몇 달 전에 튜토리얼을 한 사람이라고는 전혀 믿을 수가 없겠는데."

"그러니까. 우리가 능력자가 된지도 몇 년이 지났는데. 다른 사람들처럼 쉬엄쉬엄 사냥한것도 아니고 쉬지않고 사냥을 하면서 강해졌는데 말이야.”

배재준과 레이첼이 최수민의 싸우는 모습을 보며 혀를 내둘렀다.

다른 사람들처럼 돈을 벌기위해 약한 사냥터에서 안주하면서 사냥했던 것이라면 억울하지도 않았을텐데. 지금 최수민의 모습을 보니 이때까지 열심히 오랜세월 쉬지 않고 사냥했던 시간들이 억울하게 느껴지기도 했다.

“이제와서 부러워할 것도 없어. 아니 오히려 감사해야지. 마지막 싸움을 앞두고 이렇게 강한 동료가 생겼으니까. 최수민이 없었으면 우리끼리 모든 짐을 짊어졌어야 했을텐데.”

애써 파티원들을 위로해보려고 하는 임동호였지만 임동호도 마음이 편한 것은 아니었다.

임동호도 강해지기 위해 엄청난 노력을 해왔었으니까.

“맞아요. 어차피 우리 모두 아블을 죽이게 되면 평범한 사람이 되는데 지금 강하고 약하고가 무슨 상관있겠어요. 단지 아블을 죽일 수 있는 힘이 있는지 없는지가 중요하지.”

최수민은 남아 있던 마지막 상급 마족도 자신의 손으로 죽인채 말을 꺼냈다.

상급 마족을 죽이면서 티어린 제국 초대 황제의 검의 위력도 제대로 실감했다.

일반적인 몬스터들을 상대할 때보다 마족을 상대할 때 제대로 위력을 발휘하는 검. 그리고 모든 상급 마족을 자신의 손으로 처리해서 상급 마족들의 기운의 일부를 모두 자신의 것으로 만드는데 성공했다.

'이정도로 강해지고, 마족을 상대하기 위한 검까지 내 손에 있는데 아블을 이기지 못하면 더 이상 희망은 없다.'

방금 싸움으로 인해서 최수민은 한 가지를 깨달을 수 있었다. 임동호와 파티원들보다 자신이 훨씬 강하다는 것을.

특히 마족들을 상대하는 것은 자신을 따라잡을 수 있는 사람이 없을 것이다.

티어린 제국 황제의 기운을 찾아라 퀘스트 덕분에 많은 마족을 잡으며 마족을 상대할 때 강해지는 칭호도 얻었고, 우연히 랭크셔 제국 최후의 힘도 얻었다.

게다가 손에는 마왕을 죽였었다는 티어린 제국 초대 황제의 검까지.

"그럼 이제 남은 건 아블밖에 없네요. 쇠뿔도 단김에 빼라고 지금 당장 아블을 상대하러 가죠."

1분 1초가 아까운 지금 최수민은 쉬지도 않고 아블을 상대하러 가자고 말했다.

김진수에게 주었던 힘을 잃고, 봉인이 풀린지 얼마되지 않아 아블이 가장 약한 타이밍. 그와 반대로 최수민은 상급 마족들의 힘까지 얻어 가장 강해진 상태였다.

어차피 상대해야하는 아블이라면 지금 바로 상대하는 것이 가장 좋을 것이라는 판단에 말을 꺼낸 최수민에게 임동호가 고개를 저었다.

"지금? 저기 뒤에 있는 몬스터들이 우리의 뒤를 칠지도 모르는데. 게다가 우리 모두가 지쳐있는 상태라서 지금 당장은 힘들어."

이규혁이 사라진 지금도 서벨리 빙하지역에는 엄청나게 많은 몬스터들이 존재하고 있었다.

대부분의 무력 길드원들과 다른 길드원들은 지쳐있는 상태로 몬스터들을 상대하고 있었고 최수민과 대화를 나누고 있는 임동호를 두고 배재준과 레이첼도 모두 몬스터들을 상대하러 가있는 상태였다.

'가만. 이규혁이 사라졌으니 저기 있는 나머지 몬스터들도 내가 조종할 수 있지 않을까?'

이규혁이 끌고온 몬스터들이라면 주인을 잃은 지금 최수민이 충분히 조종할 수 있을 것 같았다.

어떻게 된 영문인지는 몰라도 몬스터들이 자신의 말을 따르고 있었으니까.

"멈춰!"

최수민이 마나를 잔뜩 실어넣은 목소리로 몬스터들에게 외치자 몬스터들이 거짓말처럼 움직임을 멈추었다.

원래 최수민의 명령을 듣고 있던 몬스터들뿐만이 아니라 이규혁의 명령을 듣고 있던 몬스터들까지 모두 전원이 나가버린 가전제품처럼 순식간에 굳어버린 모습.

그 모습을 본 사람들은 하고 있던 공격을 멈추고 모두 최수민을 쳐다보았다.

"왜 갑자기 이 놈들이 멈추는 거지?"

"최수민의 명령을 듣는 건가?"

사람들은 멈춰버린 몬스터들을 건드렸다가 다시 움직이지 않을까 싶어 조심스럽게 최수민과 임동호가 있는 곳으로 다가왔다.

"어떻게 된 일이야? 저 놈들이 니 명령을 듣는 건가?"

"네. 어떻게 된건지는 모르겠지만 갑자기 제 말을 듣더라구요."

메시지창이 제대로 작동했더라면 이유를 알 수 있었을 텐데.

"아. 혹시 상태창이나 메시지창 같은것들 제대로 뜨나요? 제 상태창이 이상한 건지, 아니면 이제 론디움 최후의 날이 다 되어가서 그런지 메시지창도 잘 안뜨고 상태창도 이제 보이는 게 거의 없더라구요."

만약 혼자만 이상한 거라면? 이게 진짜 게임이었다면 운영자나 게임 회사에게 문의했을텐데 어디에 물어봐야 하는 걸까?

"응? 나는 아무 문제도 없던데? 너는 어때?"

"나도 아무 문제없는데? 예전이랑 비슷하지 뭐. 레벨을 올리기 힘드니 변한 것도 없고."

최수민의 말을 들은 임동호와 일행들이 각자의 상태창을 살펴보았지만 변한 것은 없었다. 이쯤되면 레벨정도는 바뀌어야 하지 않나 하는 생각정도만 들었을뿐.

"그런가요? 왜 이러는 거지."

그래. 어차피 힘이 약해진것도 아니고 더 강해졌는데 상태창쯤이야. 남들과 조금 다르긴 해도 처음 튜토리얼 지역 때부터 달랐으니 크게 이상할 것도 없고.

"어쨌든 잘 되었네. 저 몬스터들을 조종할 수 있다면 아블과 싸울 때 큰 도움이 되겠어."

아무리 아블이 강해도 많은 수로 밀어붙이면 어떻게든 되지 않을까 하는 생각에 말을 꺼낸 임동호였지만 최수민이 고개를 가로 저었다.

"아뇨. 이 놈들은 사용할 수 없어요. 괜히 데리고 갔다가 아블이 이 녀석들을 조종하게 되면 오히려 낭패니까요."

확실하지는 않아도 아블도 몬스터를 조종할 수 있는 능력이 있을 것이다. 그리고 그 능력은 모르긴 몰라도 최수민보다 덜하지는 않을테고.

그런 상황에서 몬스터를 데리고 가는건 언제 터질지 모르는 폭탄을 가지고 들어가는것이나 마찬가지.

"그래? 아쉽군. 조금이나마 도움이 될 줄 알았더니."

임동호가 입맛을 다시며 아쉬워했지만 안 되는 것은 안 되는 일.

"일단 아블이 저기를 빠져나오지 못했으니까 우리가 쳐들어가보죠. 저 놈이 힘을 조금이라도 회복하기 전에 빨리 처리해야 해요."

김진수에게서 확인한 아블의 힘은 그야말로 재앙 그 자체였다.

'그나마 지금은 힘이 약해진 상태니 어떻게든 이길 수 있겠지. 설마 불가능한 일을 하라고 했겠어? 결국 게임같은 세상인데.'

가끔씩 아예 보스 몬스터를 잡을 수 없게 설정된 게임도 있긴 했지만 그런 불안감은 일부러 무시한채 최수민과 임동호, 그리고 그곳에 있는 모든 사람들이 아블을 향해 걸어갔다.

잔뜩 긴장한 표정의 사람들. 아블을 향해 걸어가는 사람들 모두의 표정은 한결같았다.

이제는 진짜 마지막이라는 것을 알고 있었고, 그리고 그 마지막을 장식할 아블이 얼마나 강할지는 상상정도는 할 수 있었다.

"긴장되세요?"

심지어 임동호마저 잔뜩 긴장한 표정을 하고 있는 것을 보고 최수민이 말을 꺼내었다.

이때까지 한 번도 보지 못했었던 임동호의 잔뜩 굳어있는 표정. 일부러 미소를 짓는 행동같은 것도 하지 않을정도로 여유가 없어보였다.

"그래. 긴장되는군. 아참. 그러고보니 그 던전에 있던 김진수는 어떻게 되었나?"

마지막 던전에서 기다리고 있겠다고 했었던 김진수.

최수민이 이 자리에 왔으니 김진수가 죽었을 확률이 높지만 확실하게 확인을 하고 싶었다.

"죽었어요. 아니 제가 죽였어요."

"그래? 그랬군."

대충은 짐작하고 있었지만 역시나 김진수는 죽은거였나? 하는 생각을 하고있던 임동호에게 최수민의 말이 이어졌다.

"생각보다 완전 나쁜놈은 아니더라구요. 뭐 그렇다고 착한놈도 아니었지만."

"긴 이야기가 될 것 같으니 그건 아블을 죽이고 나서 들어야겠군. 한 시가 급할 때니 말이야."

이런 저런 이야기를 나누며 걸어가다보니 어느새 아블이 서있는 곳에 도착했다.

눈 앞에 보이지 않는 벽이라도 있는 것처럼 아블은 특정한 영역에서 벗어나지 못한채 최수민과 사람들을 쳐다만 보고 있었다.

"상급 마족들을 다 해치우다니. 블루 드래곤을 해치운 것도 그렇고. 인간들이란 참 대단하단 말이야."

눈 앞에 최수민과 많은 사람들이 있었지만 아블은 아무렇지도 않다는 듯이 태연하게 말을 꺼내었다.

"그리고 이제는 니 차례지."

태연하게 말을 꺼내는 아블에게 태연하게 대답하는 최수민. 그러자 아블의 눈빛이 살짝 매서워졌다.

"건방진 인간 같으니라고. 과연 니가 나를 이길 수 있을 것 같나? 내가 누군지 알고."

아블의 몸에서 흘러나오는 암흑 마나가 무시무시하게 거대해졌지만 보이지 않는 결계를 전혀 통과하지 못했다.

아마 결계를 통과할 수 있었다면 당장이라도 최수민의 목을 날려버릴 듯했다.

물론 아블의 손이 정말로 결계밖으로 튀어나오는 일은 없었다.

"누군지 아냐고? 잘 알지. 랭크셔 제국을 멸망시켜버린 뱀파이어. 그리고 론디움까지 쳐들어온 마족이라는 것도."

최수민의 대답에 아블의 눈이 잠시 놀라움으로 커졌다가 다시 원래대로 돌아왔다.

"어떻게 그걸 알고 있는 거지?"

"그거야 저승사자가 죽여야 할 놈의 신상정보를 알고 있어야 하니까."

"이 주제도 모르는 하룻 강아지 같은 놈이!"

통과할 수 없는 결계가 있다는 것을 알면서도 아블은 손을 뻗어 최수민에게 날렸다.

콰앙!

그러나 분노에 찬 아블의 손은 결국 보이지 않는 결계를 넘어오지 못했다.

'무슨 꿍꿍이가 있는 게 아니라 여기를 아예 넘어오지 못하는 거였군.'

상급 마족들이 모두 당하는 동안 아블이 나타나지 않았기에 무슨 속셈이 있는건 아닌지 의심을 해보았지만 방금 공격으로 아블에게 다른 속셈이 없다는 것을 확인했다.

아무래도 아블은 여길 넘어오지 못하는 것 같고, 우리가 직접 아블에게 넘어가서 싸워야 하는 건가?

혹시 아블이 보이지 않는 선을 넘어와 론디움과 지구에 엄청난 타격을 주는 것을 염려해서 아블이 넘어오지 못하게 설정된 것은 아닐까 하고 최수민이 보이지 않는 결계를 넘기 위해 한 발자국 앞으로 다가섰다.

쿠웅.

어라? 나도 못가네? 이거 왜 이러는 거지?

아블이 보이지 않는 결계를 넘지 못했던 것처럼 최수민도 그 결계를 넘을 수가 없었다.

이러면 안 되는데? 아블은 계속 힘을 회복할테고 최대한 빨리 아블을 잡아야하는데.

마음이 다급해진 최수민이 보이지 않는 결계를 넘기 위해서 노력해봤지만 아무리 노력해도 결계를 넘어갈 수가 없었다.

"이거 왜 이러지? 저만 이러는 건가요?"

최수민이 뒤를 돌아보며 물어보았지만 아무도 최수민처럼 결계를 넘어보려는 시도를 하지않았다.

'저기 혼자 들어가면 개죽음인데 시도해볼 수 없지'

대부분의 사람들의 머릿속에는 개죽음 당할 수 없다는

생각이 떠돌아 다니고 있을 때 임동호가 앞으로 나왔다.

"내가 한 번 시도해볼게."

성큼성큼 발걸음을 옮기는 임동호. 그러나 임동호도 보이지 않는 결계에 가로막혀 아블이 있는 곳에 접근할 수가 없었다.

'큰일났네. 1분 1초가 소중한 순간에 이런 말도 안되는 일이 일어나다니.'

바로 눈 앞에 최종보스를 두고도 잡을 수가 없다니. 왜 서로가 넘어갈 수 없는지 이유도 알지 못한 채로 시간만 무섭게 흘러가고 있었다.

◇

"이대로는 도저히 안 되겠어. 평생 여기서 있을 것도 아니고 뭔가 해결책이 있을 텐데."

아블과의 눈싸움이 계속 이어지는 것을 보다 못한 레이첼이 말문을 열었다.

레이첼의 말과 함께 대부분의 길드원들은 안심했다는 듯이 한숨을 내쉬었다. 결계 너머로 느껴지는 아블의 기운이 그만큼 어마어마했기에 모두의 등에 식은땀이 흐르고 있었다.

"해결책이라니. 다들 뭔가 생각이 있으세요? 지금 당장 저 놈을 처리해야하는데."

당장 처리해야할 놈을 눈앞에 두고 다른 해결책을 찾아야하다니.

답답해서 미칠지경이었지만 정작 최수민 자신도 할 수 있는 것이 없었다.

'이거 옛날 히든 튜토리얼 지역처럼 부수면 되지않을까?'

히든 튜토리얼 지역에서 자신을 가로 막았었던 그 벽과 비슷하다는 느낌에 최수민은 검을 꺼내어 허공에 휘두르기 시작했다.

콰앙.

콰앙.

굉음과 함께 보이지 않는 벽에 푸른 불꽃이 튀기 시작했다.

"뭐하는 거야? 괜히 힘빼지 마."

히든 튜토리얼 지역에서 있었던 일을 모르는 사람들은 최수민이 하는 행동에 대해 의문을 가졌지만 최수민은 마부작침하는 마음으로 계속 허공에 검을 휘두르고 있었다.

그러나 1분, 2분, 5분, 10분이 지나도록 검을 휘둘렀지만 히든 튜토리얼 지역과는 다르게 결계에는 아무런 일도 생기지 않았다.

이게 아닌가? 분명 될 것 같았는데.

"괜히 이러고 있지 말고 론디움에 대해서 잘 알고 있는 사람을 찾아가서 물어보자."

최수민에게 무슨 방법이 있을 거라고 생각하고 가만히 최수민의 행동을 지켜보고 있던 임동호가 슬며시 이야기를 꺼냈다.

"론디움에 대해서 잘 알고 있는 사람이요? 저희보다 론디움에 대해 더 잘 알고 있는 사람도 있나요?"

"있지. 누구보다 론디움에 대해서 잘 아는 사람이. 아니 사람이 아니고 알 수 없는 존재라고 해야하나?"

임동호의 말에 임동호의 파티원들은 고개를 끄덕였고 영문을 알 수 없는 최수민과 다른 길드원들은 임동호를 쳐다보기만 했다.

"최수민 너도 알고 있는 사람이야. 일단 장소를 옮기지. 여기서 시간을 끄는 것보다 빨리 그 사람에게 물어보는게 좋을 것 같으니까."

아직까지도 감을 잡지 못하고 있는 최수민을 두고 임동호와 파티원들이 뒤로 돌아 서벨리 빙하 출구를 향해 걸어가기 시작했다.

"같이 가요. 그런데 진짜 누구지? 전혀 모르겠는데."

"일단 가보면 알아."

그렇게 최종 보스인 아블을 남겨두고 임동호와 사람들은 서벨리 빙하 밖으로 걸어갔다.

◇

고대 로마와 고대 그리스를 떠올리는 새하얀 대리석으로 만들어진 건물들이 가득한 곳.

세월의 풍파가 비껴나간 듯 한 순백색 건물들이 있는 곳에서도 가장 높은 언덕에 있는 신전을 향해 5명의 사람들이 걸어가고 있었다.

"론디움에 대해서 가장 잘 안다고 한 사람이 바로 테네에 있는 신관이었어요?"

론디움 토벌 퀘스트의 보상을 받기 위해 왔었던 테네. 다시는 테네에 올 일이 없다고 생각했었는데 이 곳에 다시 오게되다니.

하긴 신관이 다른 신전에 있는 신관들과 완전히 다르긴 했었지.

"론디움에 대해서는 테네에 있는 신관보다 더 확실하게 알고 있는 사람이 없지. 아블에 대해서도 그 신관이 알려줬으니 이번에도 해결책은 그 신관이 알고 있을거야."

"그건 그렇고 확실히 이상하긴 하네. 봉인된 마법진이 혹시 하나 더 있었던 건가? 분명 신관이 말했던 봉인된 마법진은 다 없애버렸는데."

"신관이 확실하게 알고 있겠지."

임동호와 같이 걸어가며 사람들은 이런 저런 이야기를 나누었고 곧 테네의 신전에 도착할 수 있었다.

"어서오십시오. 기다리고 있었습니다."

신전에 도착하자 마치 최수민과 사람들을 기다렸다는 듯 누군가가 신전 입구에서 기다리고 있었다.

"기다리고 있었다니. 확실히 무언가 잘못되긴 했나보군."

기다리고 있을거면 와서 알려주던지 메시지 같은 걸 보내지 왜 번거롭게 기다리고 있었대?

이제 마지막이라고 막 나가는 건가?

기다리고 있었다던 신관이 버선발로 뛰어나오는 일따위는 일어나지 않았다. 언제나처럼 고고하게 신전에서 자리를 지키고 있던 신관이 최수민과 일행들을 돌아보며 말을 꺼내었다.

"기다리고 있었습니다. 큰 일을 해내주셨군요."

젊은 모습으로 변했었던 신관은 다시 예전 노인의 모습으로 돌아가있었다.

"저희가 당연히 해야할 일을 했을 뿐입니다."

임동호가 공손하게 신관의 말을 받으며 대답할 뿐 당장 궁금한 점을 물어보지는 않았다.

"그런데 왜 아블에게 다가갈 수가 없는 거죠? 아블도 저희에게 다가오지 못하구요. 론디움 최후의 날에 무슨 문제라도 생긴 건가요?"

신중하게 신관의 말에 대답을 한 임동호와는 달리 최수민은 궁금한 점을 바로 물어보았다.

지금 이 순간에도 힘을 회복하고 있을 아블을 당장 상대하러 가야하는데 여유롭게 신관의 이야기를 들어줄 시간이 없었다.

"안그래도 그 문제 때문에 여러분을 기다리고 있었습니다. 제가 가지 못한 점은 이해해주시길 바랍니다."

최수민의 말에 순식간에 심각한 표정으로 변하기 시작하는 신관. 그리고 바로 말을 이어가기 시작했다.

"원래는 봉인된 지역을 모두 해제하면 상급 마족뿐만이 아니라 서벨리 빙하지역에 있는 아블의 봉인도 모두 풀릴 계획이었습니다."

"그런데 무슨 문제가 있었던 거에요? 아니, 무슨 문제인지는 중요하지 않고, 아블을 빨리 잡는 게 더 중요한 것 같은데 어떻게 하면 아블과 싸울 수 있는지를 좀 알려주세요."

계속해서 단도직입적으로 물어보는 최수민. 그러나 임동호와 다른 사람들도 같은 마음이었기에 최수민을 말리지는 않았다.

"원래는 봉인된 지역이 모두 없어지면 아블을 죽이고 여러분들이 가지고 있는 힘들을 모두 회수한 채로 론디움을 예전과 같은 상태로 만들고, 모든 사람들을 지구로 보내려고 했습니다."

론디움을 예전과 같은 상태로 만들고 모든 사람들을 지구로 보낸다는 말은 이제껏 론디움에서 희생당한 후 NPC가

되어 버린 사람들을 지구로 보내준다는 말이었다.

그리고 능력자들의 힘을 모두 회수한다는 것은 이미 알고 있던 이야기.

"그런데 한 가지 문제가 생겼습니다. 분명 론디움과 지구 사이에 연결되어 있는 하나의 길을 두고 나머지 길은 모두 막아두었었는데, 갑자기 여러분이 살고 있는 지구에 몬스터들이 나타나기 시작했죠."

얼마전부터 지구에 나타나기 시작한 몬스터들을 언급하며 신관이 말을 계속 이어갔다.

"그런 상황에서 아블을 물리친 후에 여러분의 힘을 회수하게 되면 지구에 나타나는 몬스터들을 해결할 수가 없기 때문에 어쩔수 없이 일의 순서를 바꾸기로 했습니다."

"아블부터 죽이고 나중에 지구에 나오는 몬스터들을 해결하면 되지 않을까요?"

급한건 아블인데 왜 순서를 바꾸기로 했다는 거지? 아블을 물리치고 나서 능력자들의 힘을 회수하는 걸 조금 늦추면 되는 것 아닌가?

다들 최수민과 똑같은 궁금증을 가지고 있었는지 이번에는 임동호가 신관에게 질문을 던졌다.

"아블부터 처리를 하고 그 녀석들을 처리할 시간을 저희에게 주시면 안 되나요? 무슨 생각을 가지고 계신지는 모르겠지만 저희의 생각으로는 급한불부터 끄는게 더 중요하다고 생각합니다만."

그러자 신관은 고개를 저었다.

"급한 불이 아닙니다."

"그럼. 아블보다 더 중요한 게 있다는 말이 있다는 뜻인가요?"

혹시 이규혁이 언급했던 그 마족들이란 말인가? 이규혁의 말대로라면 아블이 마족 서열 5위라고는 했는데.

"지구에 몬스터들이 건너가고 있는 이유는 지구와 마계간에 직접적인 균열이 생겼기 때문입니다. 그 때문에 갑작스럽게 엄청난 몬스터들이 지구로 흘러들어가고 있는 것이죠."

"그게 아블보다 더 중요한 문제인가요? 아블은 하루가 다르게 강해질 텐데요."

"물론입니다. 지금은 단지 마계와의 균열이 생긴 상태이지만 그것을 계속 두게 되면 균열이 점점 커져서 어떤 마족이 지구로 넘어오게 될지 모릅니다."

젠장. 어느 하나 급하지 않은 일이 없잖아. 그런데 지구와 마계간에 균열이라면 스케일이 너무 커지는 것 아닌가?

하루 이틀로 해결될 일이 아닌 것 같은데. 아무리 생각해도 아블부터 빠르게 해결하고 마계와의 균열을 처리하는 게 좋을 것 같은데.

"그래도 아블부터 처리하고 그것을 해결하는 것이 좋을 것 같은데요. 알고 계실지 모르겠지만 그 녀석은 지금 우리가 이 대화를 나누고 있는 동안에도 강해지고 있거든요."

잔뜩 걱정된다는 얼굴을 하며 말하는 최수민을 향해 신관은 어쩔수 없다는 표정을 감추지 못했다.

“그건 안 됩니다. 애초에 론디움에 여러분이 소환되고 힘을 가지게 되는 순간부터 아블을 죽이게 되면 모든 힘이 회수되는 것으로 설정되어 있었습니다.”

그러니까.

지금 이 상황을 요약하자면 아블을 죽이는 것은 게임의 엔딩을 보는 것이나 마찬가지고 엔딩을 보면 게임이 끝나는 것이니 당연히 힘이 회수된다는 것인데.

어떻게 보면 아무것도 모른채 아블을 죽여서 엔딩을 보는 것보다 아블을 죽이기 전에 지구에 있는 마계와의 균열들을 다 박살낼 수 있게 배려를 해준 건가?

배려심은 참 고마운데. 왜 그걸 이제야 말해주는 걸까? 미리 알려줬으면 진작에 마계와의 균열을 다 박살냈을텐데.

“왜 그걸 미리 알려주지 않았던 거에요? 그랬다면 충분한 시간이 있었을 텐데!”

억울하다는 듯이 최수민이 말을 하자 임동호가 신관을 대신해서 대답을 했다.

“우리의 잘못이지. 애초에 그런 일이 생겼을 때 이곳에 찾아오지 않았으니까. 조금 더 신중했어야했는데.”

메시지창이나 퀘스트창은 항상 기본적인 정보만 알려준다. 그 때문에 중요한 정보들은 능력자들이 항상 열심히 찾아헤매야만 했다.

'이렇게 중요한 정보까지 직접 찾아와야 하다니.'

이 장소에 찾아오지 않았으면 아블 앞에서 밥상을 차려두고 나올때까지 기다릴뻔했다.

"여러분에게도 신이 있는 것처럼 마족에게도 마신이라는 존재가 있기 때문에 하나부터 열까지 제가 모든 것을 챙겨드릴 수가 없습니다. 저의 역할은 단지 여러분들과 지구에 있는 사람들이 마족들에게 일방적으로 당하지 않게 도와주는 것. 나머지는 모두 여러분이 알아서 하셔야 한다는 것을 기억하시길 바랍니다."

그리고 이어지는 신관의 이야기에 따르면 마신이라는 존재가 있기에 신이 나서서 사람들을 도와줄 수가 없다고 한다.

신이 나서는 순간 마신이 나서게 되고 그렇게 되면 지구가 아니라 차원적으로 문제가 생긴다는 말을 남긴채 최수민과 일행들을 모두 지구로 보냈다.

"이제 어떻게 하지? 우리가 전 세계를 돌아다니면서 균열을 깨부수기는 너무 시간이 오래 걸릴 것 같은데."

하나의 작은 나라도 아니고 전 지구를 돌아다니며 마계와의 균열을 깨부셔야하는 상황.

"꼭 우리가 모든 걸 할 필요는 없지. 총군 연합원들도 우리에게 협조한다고 했으니 그 사람들에게도 부탁을 하고.”

“그것보다 균열들이 어디있는지 알 수 없으니 그게 더 문제지.”

배재준과 임동호는 지구로 돌아오자마자 심각한 표정으로 변한채 이야기를 나누고 있었다.

목표지점을 확실히 알고 전 세계를 돌아다녀도 힘든 여정이 될 텐데 균열들이 어디 있는지도 모르는 상황에서 돌아다녀야 하는 상황.

아무리 많은 사람들이 돌아다녀도 최소한 몇 주, 아니 몇 달이 걸릴지도 모르는 일이었다.

“아니면 레나에게 물어보는게 더 빠를지도 몰라요.”

애초에 한국에 마법진을 만들어놓은 것도 레나이기도 했고, 균열같은 전문적인 현상은 레나가 훨씬 더 잘 알테 니까.

문제는 지금 힘을 거의 잃어버린 레나가 균열을 파괴하는데 도움이 될 수 있을지 아닐지를 모른다는 거지만.

“그럼 일단 가보자. 지푸라기라도 잡아야할 때니까.”

임동호, 배재준과 함께 집에 도착한 최수민.

그리고 최수민이 들고 있는 여해의 검을 보고 레나는 말없이 눈물을 흘렸다.

5장. 마지막을 위한 준비

5장. 마지막을 위한 준비

"그러니까 지구에 몬스터들이 나오고 있는 이유가 마계와의 균열이 생겼기 때문이라는 말이지?"

여해의 검을 보고 얼마전에 죽은 여해를 떠올리며 눈물을 흘렸던 레나는 금세 눈물을 그친 후 이야기를 하기 시작했다.

"네. 그런데 문제는 그 균열이 몇 개 인지도 모르고, 어디에 있는지도 모른다는 거죠. 전 세계를 완전히 돌아다니면서 찾기에는 너무 오래 걸릴 것 같구요."

"그리고 저희가 그 균열들을 찾아헤매는 동안 아블의 힘은 계속 회복될 거구요."

임동호와 최수민이 심각한 표정으로 레나에게 대답을

하자 레나도 잠시 고민을 하는 듯 했다.

"음… 그렇게 어려운 일은 아니야. 마나를 탐색할 수 있는 마법진들을 그려놓고 그걸 이용해서 마계와의 균열이 있는 곳을 찾아내면 돼."

마법진? 이쯤되면 마법진이 만능이 아닐까? 하는 생각이 들정도.

"겨우 마법진으로 가능한 거에요? 그리고 마법진을 그리는데도 엄청난 시간이 소모될 것 같은데요."

한국에 마법진들을 그리는데만 해도 꽤 오랜 시간이 걸렸었는데 전세계에 마법진을 그리다니. 이거 최소 몇 달은 깨지겠네.

마법진을 그리는 것으로 끝나는게 아니라 그게 시작이니 최소 1년은 걸리는 계획일테고, 아블은 아마 힘을 모두 회복하겠지.

"원래는 불가능하지. 그런데 론디움이나 티어린과 다르게 지구에는 마나가 거의 존재하지 않거든. 그런데 마계와의 균열이 있는 곳에는 마나가 넘쳐흐르고 있을 테니 그 곳의 마나를 탐지하면 금방 찾을 수 있어. 마법진은 그 탐지할 수 있는 범위를 넓혀주는 역할을 할 거고."

그러니까 이번에 만드는 마법진은 요즘 세상말로 하자면 레이더 같은건가? 그리고 지구에는 마나가 거의 존재하고 있지 않으니 마나 탐지 레이더에 걸리는 것은 균열이 있는 곳 밖에 없고.

"그리고 많이 만들 필요도 없을 거야. 일단 하나를 만들어보면 얼마나 만들어야 할지 알 수 있겠지."

"그럼 지금 당장 만들어볼 수 있나요?"

레나의 이야기를 듣고 있던 임동호가 먼저 말을 꺼내었다.

"지금 당장이라도 가능하긴 하지. 그런데 여기서는 안 돼."

"네. 그렇겠죠. 집 밖으로 나가서 어디 넓은 공터를 찾으면 되는 건가요?"

"아니. 이 나라에는 벌써 마법진이 설치되어 있어서 다른 마법진을 설치하면 지금 있는 마법진이 이상해져서 안 돼."

"그럼…."

"다른 나라로 이동해서 마법진을 한 번 만들어보고 얼마나 많은 마법진을 만들어야 되는지 알아봐야지."

"그래요. 그럼 일단 일본으로 떠나…."

"아니. 거기는 여기랑 너무 가깝기도 하고 조금 멀고 큰 곳으로 가서 마법진을 만들어봐야 제대로 알 수 있어."

그럼 어디로 가야하지? 유럽? 미국? 남미? 아프리카?

"그런데 하피같은 몬스터들 때문에 요즘 아예 비행기가 못뜬다고 하던데 어떻게 다른 나라로 가죠?"

나라가 아니라 가는 방법부터 고민을 해야하는 지금. 레나가 말을 꺼내었다.

"내가 그 비행기를 지킬 테니까 걱정하지 마. 장소만 정해."

"그런데 지금 레나의 몸상태가…."

겉으로 보기엔 멀쩡해보여도 레나의 몸은 아직까지 성하지 않은 상태였다.

"괜찮아. 겨우 하피나 와이번 같은 놈들은 지금 몸상태로도 상관없어. 멜로스를 상대해봐서 알잖아. 드래곤이 얼마나 강한지."

걱정을 하고 있는 최수민은 대답을 하지 않았지만 드래곤의 강력함을 제대로 확인한 임동호가 최수민을 대신해서 대답을 했다.

"그럼 미국으로 가죠. 거기에 레이첼이 있기도 하고."

◇

"살아생전 이런 경험을 할 줄이야."

"완전 날아다니는 거대한 항공모함 같잖아. 게다가 속도마저 비행기랑 비슷한 정도라니."

"그러니까 왜 예전에 론디움에 드래곤이라는 몬스터가 나타났을 때 재앙이라는 말이 나돌았는지 알겠군."

최수민과 일행들을 태우고 미국으로 가고 있는 비행기의 조종사들이 자신들의 옆을 태연하게 날아가고 있는 거대한 레드 드래곤의 몸체를 보며 이야기를 하고 있었다.

단지 비행기와 레드 드래곤만 날아가고 있는 것이 아니라 그 주변으로 10대가 넘는 전투기들이 비행기를 지키고 있었다.

쐐애애액.

레나가 무언가를 발견한 듯 비행기에서 떨어져 빠른 속도로 대열에서 이탈했다.

콰직.

그리고 비행기를 향해 날아오고 있던 거대한 그리폰을 단숨에 입으로 물어뜯은 후 뱉어버렸다.

그리폰을 처리한 후 유유히 다시 대열로 돌아오는 레나. 전투기들은 빠른 레나의 속도에 아무것도 하지 못한 채 구경만 할 뿐이었다.

"허허. 정말 다른 몬스터들이 아니라 드래곤 한 마리만 지구에 나타났어도 벌써 지구는 멸망했겠는데?"

"그러니까. 저 드래곤이 우리 편이라는 게 얼마나 다행인지 몰라."

거대한 몸뚱이를 자유자재로 움직이며 눈 앞을 가로막는 몬스터들을 처리하는 레드 드래곤.

그 레드 드래곤이 같은 편이라는 것이 얼마나 안심이 되는지 몰랐다.

그리폰 말고도 하피나 와이번같은 많은 비행형 몬스터들이 최수민이 타고있는 비행기의 앞을 막아섰지만 그때마다 레나가 빠르게 처리를 했기 때문에 미국까지 가는 비행기는 아주 편한한 비행을 즐길 수 있었다.

◇

"하암. 비행기가 이렇게 편한 거였나? 진짜 잘잤네."

"평범한 좌석을 탔으면 그런 말도 못했을 걸? 전용기를 타고 왔으니까 그렇게 편하게 온 거지."

비행기를 처음 타보는 최수민과 달리 임동호는 평범한 비행기의 좌석이 얼마나 불편한지 알고 있었기에 정말 이번 비행에 만족을 하고 있었다.

"그나저나 저희는 이렇게 편하게 왔는데 레나가 고생이 많았어요."

몸이 성하지 않은 채로 10시간이 넘는 시간을 날아온 레나의 얼굴에 피곤함이 잔뜩 보였다.

"그러게 나도 이렇게 오래 날아본 적은 처음이라. 원래 이렇게 힘든 거였나?"

평소엔 마법으로 이동을 했었던 레나에게 이렇게 오랜 비행은 처음이었다. 몸 상태가 성하지 않았기에 정말 환자 같은 얼굴을 하고 있었다.

[어서오십시오. 기다리고 있었습니다. 저는 미국 대통령입니다.]

막 비행기에서 내려 입국심사를 마친 후 출국장으로 나서자 그 곳에는 이미 많은 사람들이 최수민과 일행들을 기다리고 있었다.

마치 유명한 연예인이 입국하는 날처럼 엄청나게 많은

기자들이 카메라를 들고 서있었고, 무튜브에 올린 최수민의 영상 때문에 팬이 되어버린 사람들도 공항에 와있었다.

"뭐라는 거야?"

무슨 말인지 몰라도 손을 내미는 대통령의 손을 잡자 미국 대통령의 기억들이 최수민의 머릿속으로 흘러들어오기 시작했다.

어어. 이거 이래도 되는 건가? 이거 이런 거 알면 쥐도 새도 모르게 죽고 그러던데.

그건 그렇고 이거 론디움에서만 사용되는 능력이 아니었나? 론디움에서 얻은 능력이 이렇게 일반 사람들에게까지 사용되는 거였다니.

[네. 반갑습니다. 마중까지 나와주실 필요는 없으신데. 멀리까지 와주셔서 감사합니다.]

게다가 입에서 자연스럽게 영어가 튀어나왔다. 그것도 아주 유창한 발음으로 술술나오는 영어.

[최수민씨 같은 분은 국빈으로 맞이하는 게 정상이죠. 일단 자리부터 옮기시죠.]

◇

LA 다운타운안에 있는 호텔 방안.

그 곳에 미국 대통령, 레이첼와 함께 임동호, 최수민, 레나, 배재준이 자리를 잡고 앉아있었다.

[안그래도 한국에서는 몬스터들이 한 곳에 나오게 하는 마법진이라는 것을 만들었다는 것을 듣고 참 탐이 났었는데 이렇게 뵙게 되네요.]

아무리 미국이라고 해도 이곳 저곳에서 터져나오는 몬스터들을 감당하는 것은 쉬운일이 아니었다.

[이제는 부러워하실 것도 없습니다. 그 일을 해결하기 위해 왔으니까요.]

[그럼 저희가 무엇을 도와드리면 되는 건가요?]

당장 미국의 안전을 위해 무엇이든 다 해줄 준비가 되어있는 미국 대통령.

[일단 몬스터들이 가장 자주 등장했던 곳만 알려주시면 저희가 알아서 하겠습니다.]

[그럼 샌디에고로 가시면 됩니다. LA에서 가까운 곳이니 오늘은 푹 쉬시고 내일 가실 때 저희 미군을 보내겠습니다.]

샌디에고? 그 바닷가가 있는 도시를 말하는 건가?

일단 지구에서도 혹시 몬스터를 조종할 수 있을지도 모르니 군인들은 오지말라고 해야할 것 같군. 괜히 오해를 살지도 모르니까.

[군대까지 보낼 필요는 없습니다. 괜히 갔다가 혹시 모를 희생이 생길지도 모르니까요.]

[그래도 미국까지 왔는데 저희가 그정도 대우는 해드려야….]

[아닙니다. 능력자가 아닌 사람들이 따라오는 것보다 저희가 해결하는 게 편합니다. 이렇게 숙소를 마련해주시고 맛있는 밥을 주신 것만으로도 만족합니다.]

그래도 계속 미군을 보내겠다고 주장하는 미국 대통령의 말을 간신히 뿌리친채 결국 샌디에고에는 최수민, 임동호, 배재준, 레이첼, 레나만이 가기로 하였다.

"내일은 사람들이 없는 곳으로 이동해서 보는 눈이 없는 곳에서 몬스터들을 잡고 마법진을 만들도록 할게요."

다섯 사람만 호텔방안에 남게되자 최수민이 내일의 계획을 말했다.

확실하진 않지만 내일 샌디에고에서 몬스터들을 조종할 수 있는지 없는지 다시 한 번 확인해볼 계획이었다.

그렇게 계획을 말해주자 레나가 최수민을 한 번 쳐다보더니 말을 꺼냈다.

"몬스터들을 조종할 수 있다고? 너 이제 반쪽짜리 드래곤이 아니라 진짜 드래곤이 된 것 같은데?"

"네? 진짜 드래곤이요?"

그러고보니 예전과 생긴 모습이 완전히 달라졌다. 멜로스에게 드래곤 하트를 받은 이후로 이제야 제 옷을 입은 것 같은 느낌이 들기도 하고.

게다가 잡종 드래곤이 된 이후로 몸 속에서 느껴졌었던 이질감같은 게 완전히 사라지기도 했는데 그게 진짜 드래곤이 돼서 그런 거라고?

"그래. 너 원래 반쪽짜리였잖아. 드래곤도 아닌데 드래곤의 기운만 풍기고 있는. 가슴에는 요상한 드래곤 하트를 달고 다녔었고."

반쪽짜리라고 하니까 마음이 좀 이상하긴한데 또 맞는 말이라 반박을 할 수가 없네.

뭐 이제는 반쪽짜리도 아니고. 그런데 진짜 드래곤이 되면 뭔가 혜택이라도 있는 건가?

"예전에는 바다나 빙하쪽에서 나오는 몬스터들을 조종 못하길래 무슨 일인가 했더니 이제야 제대로된 드래곤이 되어서 할 수 있나봐."

오호라. 그냥 우연인줄 알았는데. 그런 비밀이 있었다고? 혹시 진짜 드래곤이 된거랑 상태창이 거의 안보이기 시작한거랑 관계가 있는 건가?

멜로스에게서 드래곤 하트를 받은 이후로 상태창이 점점 안보이기 시작했는데. 그게 진짜 드래곤이 된 것과 관련이 있는 거라면 이해가 간다.

"그럼 저도 이제 드래곤으로 변신하고 막 그럴 수 있는 거에요? 브레스도 쏘고?"

아블과 싸울 때 브레스를 쏜다면? 상상만 해도 벌써 아블을 이긴듯한 기분이다.

"아마 그건 무리일 것 같은데? 애초에 드래곤의 몸을 가져본 적이 없으니까. 하프 드래곤이라는 존재가 있는데 걔들도 드래곤의 기운을 풍기지만 인간의 모습으로 살아가고 드래곤으로 변할 수는 없거든.”

에이. 좋다가 말았네. 그런데 변한다고 생각하니 그것도 그것 나름대로 끔찍하긴 하다.

실망한 표정이 얼굴에 쓰여있는 최수민을 보며 레나가 말을 이어갔다.

“너무 실망하지는 마. 그래도 이번에 샌디에고를 가서 몬스터들을 시켜서 균열이 어디있는지 알아볼 수 있으니 그것만 해도 이득이지.”

“몬스터들에게 그 정도의 지능이 있어요? 론디움에서 보니 너무 무식해서 아무것도 못 시키겠던데요.”

“가끔보면 대화가 통하는 놈들도 있어. 아마 바다에 어인이라는 녀석들이 있을거야. 그 놈들을 믿어야지. 아무튼 일단 피곤하니 오늘은 이만하고 내일 가서 해보면 알겠지.”

마법진이 아니라 다른 더 쉬운 방법을 찾았다는 생각에 레나는 기분 좋게 자신의 방으로 들어갔고 나머지 사람들도 각자의 방에 들어가 날이 밝기를 기다렸다.

◇

날이 밝자마자 최수민 일행은 레이첼이 운전하는 차에 몸을 싣고 샌디에고로 향했다.

“그런데 지금 샌디에고 상황은 어때요?”

"원래는 미 해군 기지가 있는 곳인데 평범한 몬스터들이 아니라 바다속에서 나는 몬스터들이 나와서 손도 못쓰고 있는 상황이에요."

"딱 최수민 너한테 잘 맞는 상황이네. 미국으로 선택하길 잘했군. 레이첼이 미국에 있어서 유럽이 아니라 미국으로 선택했더니."

땅에 돌아다니는 몬스터들과 달리 물속에 사는 몬스터들은 마땅히 잡을만한 방법이 없었다.

오우거나 트롤같은 거대 몬스터들은 현대식 무기로 잡을 수 있긴 했지만 수중 몬스터들은 마땅히 잡을만한 방법이 없었다.

심지어 능력자들도 바다에서는 제대로된 힘을 발휘하지 못한다. 그 때문에 어인은 그렇게 강하지 않음에도 불구하고 론디움에서 잡기가 매우 까다로운 몬스터였다.

"자. 도착했어요. 여기서부터는 걸어가야해요."

군인들이 경계하고 있는 샌디에고의 입구에 차를 두고 몬스터들이 상주하고 있다는 샌디에고의 바다를 향해 걸어가기 시작했다.

"바닷가 근처에 있는 몬스터들을 빼고는 거의 정리가 된 상황이에요. 대신 바닷가는 위험지역이라 지금 미국사람들은 모든 바다에 접근할 수 없어요."

물론 이 상황에서 집 밖에 나가려고 하는 사람도 없지만.

샌디에고에 도착해서 능력자들의 빠른 걸음으로 걸어가니

금방 바닷가 근처에 도착할 수 있었다.

"지금은 아무것도 보이지 않는데…."

"여기서 불러봐. 몬스터들이 있으면 니 목소리를 듣고 나올 거야."

레나의 말에 최수민은 론디움에서 했던 것처럼 목소리에 마나를 실어서 외쳤다.

"그런데 뭐라고 해야하나요?"

"그냥 대충 나오라고 하면 돼."

레나의 말을 들은 최수민이 외쳤지만 바다에서는 아무 일도 일어나지 않았다.

뭐지? 이건 또 론디움에서만 되는 능력인 건가? 레나의 말과 조금 다른데?

최수민의 외침에도 아무런 일도 일어나지 않자 다른 사람들도 당황했는지 최수민의 얼굴을 쳐다보았다.

"걱정하지 마. 멀리서 오고 있는 중일 거야."

다른 사람들과 달리 최수민에게 안심하라고 말하는 레나. 레나의 말처럼 잠시 후에 바닷가에서 거친 물결이 일렁이기 시작했다.

"어. 진짜 나타난 것 같은데?"

거친 물결과 함께 바다속에서 몬스터들이 하나 둘씩 얼굴을 보이기 시작했다.

거대한 다리를 움직이며 배를 장난감처럼 가지고 놀고 있는 크라켄을 비롯한 많은 몬스터들.

그들중에서 삼지창을 들고 있는 인간형 몬스터들이 최수민의 눈에 들어왔다.

"어라? 어인들도 여기에 있었네? 저 놈들이라면 말이 좀 통하겠는데요."

블루 드래곤의 기운이 극히 미약했던 때에도 블루 드래곤의 기운을 느끼고 최수민의 명령을 따랐었던 어인들.

그런 녀석들이 눈앞에 나타나자 당시의 추억도 되살아났고 말이 통하는 녀석들이 나타났다는 생각에 안심이 되었다.

[부르셨습니까. 블루 드래곤님.]

말이 전혀 통하지 않는 다른 몬스터들과 달리 어인들은 물위로 올라와서 최수민앞에서 무릎을 꿇었다.

"저 놈들이 무슨 말을 하는거에요?"

영어가 모국어인 레이첼도 알아듣지 못했고 임동호와 배재준은 당연히 알아들을 수 없었다.

"무슨 말인지 못 알아들으신 거에요?"

"너랑 나빼고는 아무도 못 알아 들었을걸? 아예 이 세계의 언어가 아니니까."

원래 지구출신이 아닌 어인들이었기에 당연히 아무도 이해를 할 수가 없었다.

최수민은 어떻게 말을 알아들었는지는 몰라도 어인이 하는 말을 다 알아들었지만.

"그냥 원래 하던 말을 해도 쟤네들은 다 알아들을거야.

지금 너의 명령을 듣는 상태니까."

그래? 무슨 텔레파시라도 통하는 건가?

"지금 너희가 이곳에 올 수 있게 만든 장소가 어디 있지? 그리고 너희 말고도 다른 몬스터들이 오게 만드는 장소를 다 알아내라."

이런 명령도 되는 걸까? 싶은 정도의 명령을 내렸더니 어인들이 깎듯하게 대답을 하였다.

[저희가 이곳에 오게 만든 장소는 물 속에 있습니다. 그리고 다른 몬스터들이 오는 곳들은 육지에 분포해 있습니다.]

어라? 진짜 되네? 그런데 이 놈들이 그곳을 파괴하는 것도 가능할까?

"가능하다면 파괴를 하고 아니면 나에게 위치를 알려줘. 그리고 그 장소에 대해서 아는 것이 있나?"

최수민은 이왕 물어보는 것 정말 모든 것을 알아내기 위해 또 다른 질문을 던졌다.

[물속에 있는 것들은 저희가 파괴하도록 하겠습니다. 그리고 그 장소들이 많이 분포해있는 것 같지만 실제로는 거대한 몇 개에서 이동해오는 것이라서 거대한 것들만 파괴하면 끝이 납니다.]

다른 정보를 알고 있을까하는 생각으로 물어보았지만 생각보다 어인이 엄청난 정보를 알고 있었다.

몇 개의 거대한 균열에서 이동해온 몬스터들은 그 장소

에서 마법 같은것을 이용해 랜덤하게 흩어진다고 한다.

'그런데 물 속에까지 있었다니. 이 녀석들이 아니었다면 정말 몇 개월이 아니라 몇 년이 걸렸을지도 몰랐겠는데?'

그러고보니 다른 몬스터들은 어떻게 해야 하는 거지? 마계와의 균열이 없어져도 지구로 온 몬스터들은 그대로 남아있을 텐데.

그렇다고 해서 물속에 들어가서 직접 죽일 수도 없고. 게다가 명령을 따르는 놈들을 죽이기가 조금 꺼림직하단 말이야.

"그 균열을 통해 너희가 원래 있던 장소로 돌아갈 수도 있는 건가?"

[네. 그 장소를 통해 저희가 원래 왔던 곳으로 돌아갈 수도 있습니다.]

다행스럽게도 균열은 일방통행이 아니라 양방향 통행인 모양이다.

"혹시 그렇다고 해서 마계로 갈 생각은 절대 하지 마."

최수민의 질문에 레나가 바로 말을 꺼내었다. 아무리 최수민이 강해졌어도 마계에 간다면 살아남을 수 없다는 걸 누구보다 잘 알고 있었다.

"당연하죠. 지금 아블도 상대해보지 못했는데 스스로 마계로 갈 생각따윈 없어요. 단지 이 녀석들을 어떻게 해야할지 생각하다가 물어본 거에요."

"그래? 그럼 다행이고."

레나를 안심시킨후 최수민은 다시 어인에게 말을 꺼내었다.

"마지막으로 물 속에 있는 균열을 부수기전에 물 속에 있는 모든 몬스터들을 다시 원래 있던 곳으로 보내. 그리고 물속에 있는 몬스터들이 모두 원래 있던 장소로 돌아가면 그때 물속에 있는 균열을 부숴."

[네. 알겠습니다. 더 시키실 일은 없으신가요?]

"더 시킬 일은 없고. 얼마나 걸릴 것 같아?"

지금 눈앞에 보이는 어인들만 해도 상당히 많긴 했지만 지구는 그만큼 넓다.

[여기저기 흩어져있는 나머지 어인들에게 연락을 취하면 몇 시간 이내로 끝날 것입니다.]

어인들은 그렇게 말을 남긴 채 물속으로 다시 사라졌다. 물속에 있는건 대충 해결이 되었고, 그럼 이제 육지에 있는 게 문제인데.

어인들이 위치를 안다고해도 네비게이션같은 것을 이용할 수 있는 것이 아니니 딱히 그 장소로 갈 수 있는것도 아니고.

"일단 물속에 있는 균열들은 다 해결이 될 것 같아요. 이제 남은 건 육지에 있는 균열들인데…."

"물속에도 있었다니. 완전 지구를 멸망시키기 위해서 별 짓을 다했었군."

"그러고보니 이렇게 하는 거면 나도 몬스터들의 도움을 받아서 균열의 위치를 찾아낼 수 있겠는데?"

최수민이 어인에게 하는 것을 본 레나가 조용히 있다가 말을 꺼내었다.

"그러게요. 왜 그 생각을 못했지?"

"지금은 내 힘이 온전하지 않으니까 가장 가까운 화산을 찾아봐. 거기서라면 지금 내 상태로도 가능할 거야."

레나의 말에 레이첼이 일말의 고민도 하지 않고 바로 목적지를 말했다.

"그럼 옐로스톤 국립공원으로 가면되겠어요. 엄청나게 큰 화산이 있거든요."

이쯤되면 지금 미국에 관광을 온것인지 정말 마계와의 균열을 부수기 위해 온것인지 헷갈릴정도.

옐로스톤 국립공원은 샌디에고에서 상당히 멀었기 때문에 최수민과 일행들은 또다시 비행기를 타야했고, 레나는 다시 한번 비행기를 지키는 수고를 해야만 했다.

◇

"자. 이게 마지막이야. 이것만 없애면 아블을 가로막고 있는 결계도 없어지겠지."

최수민과 일행들이 균열을 부수기 위해 이곳 저곳을 돌아다닌지도 벌써 2주째.

레나가 옐로스톤 국립공원에 있는 거대한 화산에 간 이후로는 일이 일사천리로 진행되었다.

옐로스톤 국립공원에 있는 화산은 어마어마하게 거대했고 그 덕분에 레나의 힘도 빠르게 회복이 되었다.

레나가 그 곳에서 몬스터들을 조종해서 균열의 위치를 찾아냈고 그 이후에는 총군 연합원들과 최수민의 일행들이 균열들을 찾아다니며 철저하게 파괴했다.

"생각보다 빨리 균열들을 처리하긴 했는데 그동안 아블이 얼마나 힘을 회복했을지 모르니 그게 더 큰 문제네요."

문제는 아블이 얼마나 힘을 회복했을지 모른다는 점. 하루에 얼마나 힘을 회복하는지 전혀 모르고, 아블의 원래 힘이 얼마나 강한지도 모르기에 마지막 균열이 그렇게 반갑지만은 않았다.

"그래도 어쩔 수 없지. 결국에는 우리가 마지막으로 상대해야할 녀석이니까."

최수민과 일행들은 지금 마지막 균열이 있는 강남 한가운데 서있었다.

"등잔밑이 어둡다고 하더니 이렇게 거대한 균열이 서울 한복판에 있었군."

강남 한 가운데에서도 예전 능력자 협회가 있던 그 건물의 잔해속에 마계와의 균열이 있었다.

이규혁이 마지막으로 지구에서 자취를 감추었었던 장소. 아무래도 이때부터 이규혁이 마족들과 관련이 있었던 거겠지.

"그럼 우리는 이제 다시 론디움으로 가서 아블을 상대할 준비를 해야겠군."

중급 마족 사태때처럼 아블이 결계가 사라지는 순간 지구로 올 가능성도 배제할 수 없었기에 최수민이 마지막 균열을 파괴한 후 몇 분동안 남아있다가 출발을 하기로 했다.

"네. 제가 갈때까지 당하지 말고 잘 버티고 있으세요."

"이 자식. 많이 컸네. 우리 걱정을 할 정도라니. 상급 마족 네 마리랑 몬스터들을 상대로도 버텼는데 겨우 한 놈을 상대로 못 버틸 리가 없지. 늦지마. 아예 우리가 아블을 처리해버렸을 수도 있으니까."

웃으면서 최수민에게 대답을 하는 임동호였지만 표정은 잔뜩 굳어있었다.

"그렇게 긴장해서는 아블이 아니라 상급 마족한테도 당하겠어요. 너무 걱정하지 말고 버티기만 하세요. 제가 곧 갈 테니까요."

"그래. 알겠다. 만약 여기 나타나면 우리가 여기로 올 테니까 너도 죽지 말고 잘 버텨."

임동호는 그 말과 함께 다른 사람들이 기다리고 있는 론디움으로 이동했다.

'자. 그럼 이제 슬슬 균열을 박살낼 준비를 해볼까.'

다른 지역에 있는 균열들이 모두 사라졌기에 강남에 있는 균열에서 몬스터들이 쏟아져 나오고 있었다.

최수민은 몬스터들이 쏟아지고 있는 균열을 향해 한

걸음씩 발걸음을 옮겼다.

"여러분 고생많으셨어요. 30분만 있다가 저 균열을 파괴할 테니 조금만 더 고생합시다."

최수민과 임동호가 이야기하는 동안 아블을 잡으러갈 여력이 되지 않는 사람들이 균열에서 쏟아지는 몬스터들을 막고 있었다.

이제는 하급마족까지 쏟아지는 균열. 정말 신관의 말대로 이 균열을 가만히 뒀다면 조만간 중급 마족까지도 나올 기세.

'2주만에 하급 마족까지 튀어나오다니. 빨리 못 끝냈으면 진짜 아블이 아니라 이놈들한테 지구가 멸망했겠는데.'

뭐. 이제 임동호가 서벨리 빙하에 도착할 30분동안만 더 버티면 되지만.

최수민은 균열을 향해 달려가 쏟아져 나오는 몬스터들을 향해 쉴새 없이 검을 휘둘렀다.

휘이익.

최근 들어 상급 마족에 김진수같은 놈들을 상대했던터라 최하급 마족이나 하급 마족은 최수민의 검에 추풍낙엽처럼 쓸려나갔다.

'별거 아닌 힘이지만 하급 마족이나 최하급 마족에게서도 힘이 조금씩 들어오는데?'

상급 마족에 비하면 정말 미미한 힘. 그러나 그런 작은 힘들도 최수민의 몸속에 차곡차곡 쌓여가고 있었다.

"이제 30분 지났습니다."

최하급 마족과 하급 마족들을 위주로 사냥을 하고 있던 사이 드디어 30분이 지났다는 소식이 들려왔다.

"뒤로 빠지세요. 균열을 깨는 순간 폭발합니다."

그리고 정확히 30분이 지나는 순간 최수민이 균열을 향해 검을 휘둘렀고 최수민의 마나가 담겨있는 검에 닿은 균열은 괴성과 함께 폭발했다.

6장. 마지막 싸움

6장. 마지막 싸움

균열은 순식간에 사라졌다.

최수민의 검과 닿은 균열은 흔적도 없이 완전히 사라져버렸고 그 자리에는 폭발의 흔적만이 남아있을 뿐이었다.

'이제 진짜 론디움 최후의 날이 시작되었겠지?'

그리고 이제 최수민이 할 것은 임동호에게서 소식을 기다리거나 론디움으로 건너가는 것.

폭발에 휘말린 몬스터들은 거의 죽음에 다달았고, 남아있던 몬스터들은 주변 사람들에 의해서 최후를 맞이하고 있었다.

"나도 같이 갈까? 그래도 조금은 도움이 될 것 같은데."

옐로스톤 국립공원에서 힘을 조금이나마 회복한 레나가 물어보았지만 최수민은 고개를 저었다.

"아뇨. 아블은 제가 처리할게요. 여기서 쉬고 있으세요."

레나가 멀쩡했다면 당연히 레나의 도움을 받기 위해 최수민이 먼저 나섰겠지만 지금은 아니었다.

"그래. 몸 조심해. 거기서 죽으면 안 돼."

레나는 얼마 전에 자신에게 소중했던 여해가 죽는 모습을 보았기에 최수민마저 잃고 싶지 않았다.

따라가고 싶은 마음이 컸지만 실제로 자신이 도움이 되지 않는 것을 알기에 최수민의 말대로 따라가지않기로 했지만.

"저기… 저희가 지금 드릴 게 있습니다."

레나와 대화를 나누고 있던 중 못 보던 두 명의 남자들이 최수민과 레나주위에 나타났다.

누구지? 무력 길드 사람들은 아닌 것 같은데? 공짜로 뭘 준다고 하면 좋긴하지만.

"네? 어떤 걸요?"

"우선 저희 소개부터 드리자면 저희는 총군 연합 소속원들입니다."

총군 연합원들? 왜 갑자기 총군 연합원들이 나타난 거지? 예전에 블루 드래곤 이후에는 마주친 적이 없었는데. 그것도 론디움도 아니고 강남까지.

"총군 연합원들이 여기까지 무슨 일로 오신 거에요?"

"오베르토님이 최수민씨한테 드릴 게 있다고 하셔서 저희가 여기로 직접 가지고 왔습니다."

그렇게 말을 하며 두 명의 남자는 단검 하나와 유리병에 들어있는 파란색 액체를 내밀었다.

"이건… 뭐하는 물건이죠?"

단검은 생김새만 봐도 예사로운 물건이 아니었다. 손잡이부터가 보석으로 장식되어 있었고, 날이 아주 날카롭게 서있었다.

그리고 파란색 액체는 마치 살아있는 것처럼 유리병안에서 날뛰고 있었다.

"마법 물품들이네. 평범한 마법 물품들은 아닌 것 같고."

"마법 물품이요?"

어쩐지 단순히 날카로운 단검으로만 느껴지지 않더니. 무슨 마법이 걸려있었군.

"론디움에서 히든 퀘스트를 완료한 뒤에 얻은 물건들입니다. 아마 마지막 싸움에 도움이 될거라고 하면서 주셨습니다."

좋은게 있으면 미리미리 좀 주지. 이제 론디움의 마지막이라고 생각하니 쓸모없게 되기 전에 준 건가?

"그런데 무슨 히든 퀘스트에서 받은 거길래 마지막 싸움에 도움이 된다는 거에요?"

"그게 론디움내에 있었던 최후의 제국 랭크셔 제국의 유산이라고 했어요. 어쩌다보니 완료하게 된 퀘스트였는데 어떻게 써야할지를 몰라서 이때까지 쓰지 못했다고 하더라구요."

랭크셔 제국의 유산? 내가 받은 것 말고 또 다른게 있었던가? 총군 연합놈들 랭크셔 제국에 대해서 알고 있었으면서 이때까지 아무것도 알려주지 않았던 건가.

역시 랭크셔 제국의 사람들이 모두 한 곳에 모여살았던 것이 아니었다. 단지 그 흔적을 찾지 못했을 뿐.

아마 다른 흔적들을 찾았다면 아블과 싸울 때 도움이 될 수 있는 것들을 더 얻었을텐데 뭐 이제 와서 늦은 거지만.

"일단 알겠습니다. 마지막 싸움에 잘 활용해보도록 할게요."

자세한 옵션은 론디움에 가면 확인할 수 있을 테니 나중에 확인해봐야겠군.

5분의 시간은 순식간에 흘러갔다.

지구에 아블이 나타났다는 연락은 오지 않았고 임동호가 보낸 사람도 오지 않았다.

'아블이 론디움에 있는 게 확실하군.'

최수민도 드디어 론디움 최후의 날, 아블과의 싸움을 위해 론디움으로 이동했다.

◇

'그럼 한 번 이 아이템들이 무슨 능력인지 확인이나

해볼까?'

최수민은 한 손엔 단검, 한 손엔 유리병을 든채 상태창을 열었다. 혹시나 열리지 않는건 아닐까 했지만 아이템의 상태를 볼 수 있는 상태창에는 아무런 문제가 없었다.

[랭크셔 블러드 서커]

재질 : 미상

능력 : 공격력 + 10

설명 : 공격당한 상대의 피를 빨아먹는 마법이 담겨있는 검이다. 한 번 공격한 상대가 죽을 때까지 피를 빨아먹는다.

[신성한 물약]

신성력이 가득 담겨있는 물약이다.

왜 총군 연합원들이 이것들울 쓰지 않았었는지 알겠다. 블러드 서커는 피를 빨아먹는 능력은 있지만 그게 끝이다.

공격력도 낮고 그 흔한 추가 스텟같은 것도 존재하지 않는다. 그야말로 무기로써 가치가 없는 아이템.

피를 빨아먹는 능력이 있다고 해도 차라리 공격력이 더 강한 다른 무기를 사용해서 몬스터를 상대하는 게 몇 배는 빠를 테니까.

게다가 신성력이 있는 물약이라니. 이건 아무 설명도 없고 뭐하자는 거지?

그나마 신성력이 있는 물약이지만 이때까지 살아남을 수 있었던 이유는 거침없이 움직이고 있기 때문이겠지.

이렇게 움직이고 있는걸 몸속에 넣어보고 싶어할 사람은 없을테니까.

그런데 이거 어떻게 사용하라는 거지?

사용법도 없는 아이템에 대해 궁금증을 가진채 서벨리 빙하를 향해 걸어가던 중 최수민의 눈 앞에 하나의 메시지 창이 생겼다.

[랭크셔 최후의 힘이 랭크셔 블러드 서커와 신성한 물약의 기억을 보여줍니다.]

그래. 이래야 어떻게 아이템을 사용하는지 알지. 설명서도 없이 아이템을 툭 던져주고 말이야.

최수민의 의식이 점점 흐려지기 시작하더니 눈앞에 몇 명의 사람들이 나타났다.

각자 자신의 지팡이를 하나씩 들고 있는 사람들.

하얀 수염이 턱을 덮고 있는 노인부터 젊은이까지 다양한 사람들이 이야기를 나누고 있었다.

“멜링턴에 있는 사람들도 아직까지 살아있을지 모르겠네요.”

“살아있길 바래야지. 그나마 우리가 할 수 있는건 아블을 상대할 물품들은 만드는 것밖에 없으니.”

멜링턴? 내가 갔던 랭크셔 제국의 수도를 말하는 건가?

지금은 론디움의 잘부르크로 이름이 바뀌었지만 멜링턴

이라고 말하는 걸 보니 아주 옛날의 기억을 보여주는 듯 했다.

"이 단검을 아블의 몸에 박아넣기만 하면 피를 빨아먹어서 아블을 죽일 수 있긴 할 텐데. 우리에게는 이 단검을 박아 넣을 능력이 없으니."

"멜링턴에 갔었던 소드 마스터들중 하나만 여기 있었더라면 희망이 있었을 텐데요."

늙은 마법사의 말에 아쉽다는 듯이 젊은 마법사가 고개를 저었다.

"누군가가 이곳에 와서 이 단검을 사용할 수 있기를 바라는 수밖에. 이 검을 박아넣기만 하면 아블이 사용하는 흡혈 능력도 사용할 수 없을 텐데…."

그래. 아블은 원래 뱀파이어였지. 그런데 이 단검을 박아넣기만 하면 아블의 흡혈능력을 사용할 수 없게 된다?

일단 단검에 대한 정보는 알았고, 이제는 신성한 물약에 대한 정보만 알아내면 된다.

그러나 최수민의 바람과는 다르게 마법사들은 계속해서 블러드 서커에 대한 이야기만 이어나가고 있었다.

'대체 신성한 물약에 대한 이야기는 언제 해주는 거야? 빨리 아블을 상대하러 가야하는데.'

아무래도 신성한 물약에 대한 정보를 주기 전에는 이 광경이 끝날 것 같지는 않았지만 신성한 물약에 대한 정보는 아직 하나도 주어지지 않았다.

의미없이 시간은 흘러갔고 마침내 지팡이를 들고 있던 사람들 사이로 또 다른 백발의 남자 한 명과 건장한 남자 한명이 걸어들어왔다.

"오. 신관님 오셨습니까? 일은 어떻게 되었습니까?"

"그게… 완성하긴 했는데. 치명적인 단점이 있습니다."

치명적인 단점이 있다며 늙은 신관은 품속에서 최수민의 손에 쥐어져있던 신성한 물약을 꺼내들었다.

유리병 속에서는 지금처럼 파란색 액체가 거침없이 헤엄치고 있었다.

"그건? 평범한 물약은 아닌 것 같습니다만."

"네. 맞습니다. 저희의 신성력을 완전히 다 소모해서 만든 물약입니다."

그리고 신관의 말은 계속 이어졌다. 요약하자면 뱀파이어인 아블은 사람들의 피를 빨아마시면서 힘을 회복하며 동시에 강해진다.

그러나 뱀파이어들이 절대로 피를 빨아먹지 않는 대상이 있었으니 그게 바로 신관이었다.

신성력이 흐르고 있는 신관들의 피는 뱀파이어에게 있어서는 독약과 같은 존재.

그래서 여기 있는 신관들의 모든 신성력을 모아 하나의 물약으로 만들게 된 것이다.

"그러니까 문제는 이걸 그 뱀파이어에게 먹여야 한다는 것이군요? 이걸 먹이게 되면 뱀파이어의 몸의 내부에서부터 파괴가 된다. 이 말인데."

그러나 마법사는 더 이상 말을 하지 않았다. 그리고 그 뜻이 무엇인지 아는 신관도 말을 하지 않았다.

단검도 박아 넣기 힘든 녀석인데 물약을 뱀파이어의 입에 먹인다? 차라리 우연이라도 단검이 아블의 몸에 스치는 것을 기도하는 것이 더 쉽지.

그걸 알기에 아블을 죽일 수 있는 치명적인 두 개의 물건을 가지고도 희망을 가질 수가 없었다.

"혹시 이 물약을 무기에 발라서 아블에게 상처를 입히면 효과가 있지 않을까요?"

젊은 마법사가 의견을 꺼내었지만 늙은 신관이 고개를 저었다.

"겨우 그런 정도로는 효과가 없을 겁니다. 저희의 신성력을 담은 무기들로 그 놈과 싸우는 소드 마스터들을 봐서 알지 않습니까? 이건 그 놈의 몸 안에 직접 넣어야합니다."

하지만 그것이 불가능하다는 것을 알기에 늙은 신관의 얼굴이 금세 어두워졌다.

"그렇다면 그 물약을 마시면 어떻게 되나요? 신성력이 어마어마하게 담겨져 있는 물약을 마시면 그만큼 신성력이 강해져서 아블을 상대하기에 좋을 것 같은데."

애초에 물약의 형태로 만들어진 신성한 물약을 마신다는 것을 생각하는 것은 무리한 일이 아니었지만 늙은 신관은 다시 한번 고개를 저었다.

"그러면 좋겠지만… 이 물약에는 너무 신성력이 많이 담겨 있어서 평범한 사람들이 이걸 마시게 되면 넘치는 신성력을 견디지 못하고 죽을 겁니다."

뭐야 이 사람들 사실상 강력하지만 전혀 쓸 수 없는 물건들을 만든 거잖아?

"어쨌든 지금 저희의 능력으로는 불가능한게 확실하군요. 대신 누군가가 아블과 싸울 때를 대비해서 이곳에 잘 보관해두도록 합시다."

늙은 마법사는 신관의 말을 듣고 한숨을 쉬었지만 그도 할 수 있는게 전혀 없었다.

그렇게 블러드서커와 신성한 물약은 한 장소에 보관이 되었고, 어떻게 찾았는지는 몰라도 총군 연합원들이 그것을 찾아서 최수민에게 가지고 왔다.

'그러니까 아블을 죽이기 위해서 이 두 개를 활용하면 된다는 거군. 그런데 단검은 몰라도 물약은 진짜 쉽지가 않겠네.'

몬스터들을 죽이는 것은 많이 해봤어도 살아있는 대상의 입을 벌려 물약을 먹이는 일은 해본적도 없었다.

심지어 가만히 있는 녀석도 아니고 싸우던 와중에 그게 가능한 건가? 아마 단검만 사용하는 수밖에 없겠군.

신성한 물약은 인벤토리창안에 넣으며 단검은 품 속에 숨겨두었다. 단검을 들고 싸울 수는 없으니 싸우던 중 기회를 노려서 아블에게 공격을 성공만 하면 된다는 거겠지.

물론 한 방에 죽이는 것은 아니고 박아넣기만 하면 어떻게든 죽일 수 있다는 무기 같지만.

'잠깐. 그러고보니 아블이 뱀파이어였지. 그리고 피를 빨아먹으면서 힘을 회복하기도 하고 더 강해진다고도 했고.'

문득 그 생각이 최수민의 머릿속을 스치자 최수민의 발걸음이 빨라지기 시작했다.

지금 아블을 상대하러 간 사람들이 아블보다 압도적으로 강하지 않은 이상 아블에게 희생양이 되고 아블을 잡으려고 하던 노력이 오히려 아블을 강하게 해줄 뿐이다.

'젠장. 시간이 흐르면 아블이 강해진다는 생각에 뱀파이어라는 사실을 까먹고 있었잖아. 제일 중요한 걸 까먹고 있었다니.'

자책하며 서벨리 빙하로 달려갔지만 서벨리 빙하까지 가는 길은 오늘따라 유난히 길었다.

'제발. 다들 아블의 희생양이 되지 않았어야 하는데.'

그냥 아블에게 죽은 것이면 몰라도 피를 빨린 채로 당한 것이라면 정말 최악의 상황이 된다.

최수민의 발이 조금 더 빠르게 움직이기 시작했다.

◇

"어떻게 이럴 수가… 어떻게 이런 일이 가능한 거지?"

레이첼의 얼굴에 진한 어둠이 내려 앉았다. 그녀의 한쪽 팔은 이미 부러져서 덜렁덜렁거리고 있었고, 그녀의 옆에 있는 임동호의 상태도 좋지 않았다.

"어떻게 점점 더 강해지는 거지? 분명 처음에는 상대할 만 했었는데…."

레이첼의 옆에 서있는 임동호의 표정도 마찬가지로 어두웠다.

레이첼과 임동호, 그리고 배재준과 존 데커의 주위에는 무력 길드원을 비롯한 다양한 길드원들의 시체가 널부러져 있었다.

쓰러져 있는 시체들에는 공통적으로 목에 두 개의 이빨 자국이 새겨져 있었고 생기를 빨린 듯 말라버린 미라같은 상태였다.

"분명 처음에는 우리가 이길 수 있을 거라고 생각했는데 저 녀석이 피를 빨아들이기 시작한 이후부터 뭔가 일이 잘못 되었어."

어떻게 된 영문인지는 몰라도 하나는 확실했다.

아블이 피를 빨아먹을수록 점점 강해지고 있었다는 것.

처음 한 두 명이 아블에게 당할때는 몰랐지만 그 숫자가 열 명, 스무 명을 넘어가며 아블이 점점 강해지는 것을 확인했을 때는 아블이 피를 빨면서 강해진다는 것이 확실했다.

"게다가 점점 저 녀석에게서 흘러나오는 기운이 강해져서 우리 말고는 제대로 싸울 수 있는 사람들도 없고."

배재준의 말처럼 임동호의 파티원을 제외한 사람들은 아블의 기운에 억눌려서 땅에 서있는 것만으로도 힘들어하고 있었다.

“온다!”

잠시 대화를 나눌 시간조차 주지 않겠다는 듯 숨을 고르고 있는 임동호 파티를 향해 아블이 빠르게 쇄도해왔다.

양 손에 무기하나 조차 들고 있지 않은 아블이었지만 암흑 마나를 잔뜩 머금은 아블의 양 손은 그 어떤 무기보다 강력했다.

까앙!

임동호가 거대한 검을 양손으로 거머쥐며 겨우 아블의 오른손 공격을 막아내자 아블은 바로 왼쪽 손으로 임동호의 오른쪽 어깨를 꿰뚫었다.

“크윽.”

휘이익!

그 틈을 탄 배재준이 아블을 향해 빠르게 검을 내질렀지만 이미 아블은 공격을 성공시킨 후 멀찌감치 멀어진 후였다.

“제기랄. 이 안개 때문에 움직이는 것조차 힘들잖아.”

임동호의 말처럼 임동호의 파티원들을 빨간색 안개가 둘러싸고 있었다. 바람에 흩날려서 조금씩 안개가 걷히고 있긴했지만 빨간색 안개속에서 싸우는 동안 임동호를 비롯한 파티원들의 속은 이미 뒤집어질대로 뒤집어진 상태였다.

"대체 저 녀석이 할 수 있는 공격 패턴이 몇 가지인 거야?"

"제기랄. 저 녀석 또 다른 사람의 피를 빨아먹고 있잖아! 저걸 보고만 있어야 하다니."

아블은 임동호의 파티원들을 공격한 후 바로 다른 길드원들을 찾아가 그 곳에서 길드원들의 피를 빨아먹었다.

서있는 것만으로 벅찬 그들에게 달려오는 아블을 막을 재간이 없었다.

단지 그들은 가만히 서있는 상태에서 몸부림을 쳐봤지만 아무런 소용이 없었다.

아블이 길드원들의 피를 빨아 먹을수록 아블의 몸을 뒤덮고 있는 암흑 마나는 점점 짙어졌고, 그와 반대로 피를 빨리고 있는 길드원은 눈에 띄게 몸이 말라붙어가고 있었다.

"헬파이어!"

존 데커가 사용할 수 있는 가장 강력한 마법중의 하나인 헬파이어가 서벨리 빙하에 있는 얼음을 모두 녹일 기세로 아블을 향해 날아갔다.

콰아앙!

그러자 아블에게 피를 빨리고 있었던 길드원은 뼈조차 남기지 못한 채 순식간에 증발해버렸고 아블은 여유롭게 다른 길드원을 향해 달려갔다.

"제기랄!"

회심의 공격이 빗나가자 안타까움을 감추지 못하는 존 데커는 입에서 피를 토했다.

몸 속이 망가진 상태에서 무리하게 엄청난 마나를 사용했기에 존 데커의 몸에 무리가 온 것이다.

"몸이 회복될 때까지는 무리하지 마."

"그런데 이제 물약도 얼마 남지 않았는데? 블루 드래곤의 여파가 이런데서 나타날 줄이야."

블루 드래곤이 물약 상점이 있는 도시만을 노려서 공격했기에 이제 임동호와 파티원들 수중에도 이제 남은 물약이 거의 없었다.

"처음부터 저 녀석이 그걸 노리고 블루 드래곤을 보낸 것 같군. 정말 단순한 몬스터라고 하긴 마족들은 너무 영악한 몬스터인 것 같아."

감탄할 때가 아니었지만 지금 아블의 전략에는 혀를 내두를 수 밖에 없었다.

임동호의 파티같은 강한 사람들은 피로 만든 안개에 노출되게 해서 약하게 만든 후 다른 길드원들의 피를 빨아먹으며 강해진다.

평범한 몬스터들이었다면 전혀 생각지도 못했을 일을 아블이 하고 있었다.

"이제 우리가 그나마 기대할 수 있는건 최수민밖에 없는건가. 블루 드래곤때도 그렇고 결국 끝까지 그 녀석에게 기대야 하는군."

"그러게. 그나마 최수민에게 해줄 수 있는건 우리가 아블에게 당하지 않고 버티고 있는 것 밖에 없는 게 슬프기도 하고."

임동호와 파티원들의 머릿속에서 이미 아블을 이긴다는 생각따위는 사라진지 오래였다.

단지 아블에게서 살아남아 아블의 힘이 더 강해지는 것을 막는 수 밖에.

"다시 온다!"

계속 해서 이곳 저곳을 왔다갔다하는 아블.

이번에는 피를 흘린채 몸을 가누기 힘들어하고 있는 존 데커를 향해 아블이 달려왔다.

'제길 지금은 대신 막아줄 힘도 없는데.'

이상하게도 아블에게서 입은 상처는 쉽게 회복이 되지 않았기에 어깨를 관통당한 임동호는 아블의 공격을 막아줄 수가 없었다.

주변을 둘러봐도 임동호보다 상태가 좋아보이는 사람도 없었다.

'젠장. 조금만 더 시간을 끌면 될 것 같았는데. 최수민은 언제 오는 거야.'

점점 임동호의 얼굴에 절망이 쓰여져 갈 때쯤 아블이 존 데커의 앞까지 나타났고, 암흑 마나로 둘러쌓여 있는 왼쪽 손을 날렸다.

존 데커는 도저히 공격을 막을 수 없다는 생각에 눈을

감았고,

까앙!

그 때 누군가가 아블의 공격을 검으로 막아내었다.

그리고 존 데커가 눈을 뜨자 자신의 바로 옆에서 최수민이 아블의 검을 막아내고 있는 모습이 보였다.

◇

'휴. 늦지 않은 시간에 온 건가?'

늦지 않은 시간이라고 하기엔 눈 앞에 보이는 시체들이 너무 많았다.

이미 아블의 힘을 회복시켜 주기에는 충분한 시간이었던 건가?

말라 비틀어진 시체들. 저 시체들이 아마 피를 빨려버린 시체들이겠지.

아블을 상대하려고 왔던 사람들이니 약한 사람들은 아니었을 테고. 상당히 곤란한데.

서벨리 빙하에 도착하자마자 아블을 향해 달려가고 있던 최수민의 앞에서 아블이 임동호의 파티원들을 향해 달려가는 모습을 보고 최수민도 방향을 틀었다.

상태가 좋아보이지 않는 임동호의 파티원들.

아블이 날아오는 것이 눈앞에 보이고 있건만 아무도 반응을 하지 못하자 최수민이 임동호의 파티원들이 있는 곳으로 가서 아블의 공격을 막아내었다.

까앙!

막은 손에 강력하게 느껴지는 진동.

그러나 아블의 공격을 막아냈음에도 불구하고 최수민은 뒤로 밀려나지 않았다.

대신 최수민은 아블의 공격을 막은 후 검을 아블의 가슴팍을 향해 빠르게 찔러넣었다.

휘이익.

거친 바람을 일으키며 날아가는 최수민의 검이 아블의 가슴에 닿으려고 할때쯤 아블이 몸을 틀어 최수민의 공격을 피해냈다.

아블이 공격을 피하는 것을 보고 반격을 대비하여 자세를 바로 잡은 최수민에게 아블의 반격은 날아오지 않았다.

'생각보다 아블녀석 상대할만 한 것 같은데? 너무 겁먹고 있었나?'

아블의 공격을 막아냈을 때 지금 상태라면 아블에게 쉽게 지지 않을 거라는 생각이 들었다. 물론 쉽게 이길 수 있을 것 같지도 않았지만.

생각보다 싸워볼만 할 것 같다는 생각에 최수민은 다시 한 번 아블의 가슴을 향해 검을 내질렀다.

푸욱.

공기를 찢으며 아블의 가슴을 향해 날아가던 검은 순식간에 궤도를 바꾸어 아블의 다리를 맞추는데 성공했다.

최수민의 검에 다리를 꿰뚫린 아블의 다리에서 붉은 피가 흘러나오기 시작하자 임동호가 소리쳤다.

"제길. 또 저 공격인가. 도망가 최수민 여기 있으면 아블의 공격에 당한다!"

급박해보이는 임동호의 표정. 그러나 아블에게 공격을 한 번 성공시킨 최수민은 물러날 생각이 없었다.

"지금 공격을 한 번 성공했을 때 계속해서 몰아쳐야죠."

"공격을 성공했다? 착각이 너무 심한 것 같은데?"

공격이 성공했다며 좋아하고 있는 최수민을 향해 아블이 비릿하게 웃었다.

그러더니 아블은 자신의 다리에서 흘러내리고 있는 피를 손으로 닦은 후 그것을 최수민을 향해 날렸다.

어라? 이거 어디서 본 패턴인데?

최수민은 뒤로 살짝 점프하며 자신을 향해 날아오고 있던 피를 피했고, 아블의 피가 닿은 빙하부분이 순식간에 폭발했다.

"젠장! 왜 도망을 가지 않은 거야. 저기서 나오는 연기를 마시게 되면 안 된다고!"

아하. 이거 어디서 본 패턴이다 했더니 봉인된 마법진에서 상급 마족이 사용했었던 공격 패턴이잖아.

'마침 잘 되었군. 아블은 그 사실을 모를 테니 방심한 틈을 타서 다시 한 번 공격을 성공시킨다.'

당시 상급 마족의 공격처럼 피를 이용한 공격은 폭발 후에 빨간색 연기를 만들어내기 시작했다.

그리고 점점 뭉게 구름처럼 퍼져나가는 피로 만든 안개.

'그나마 여기는 봉인된 지역처럼 꽉 막혀있는 공간이 아니라 임동호와 파티원들이 아직까지 살아있는거였군.'

아마 봉인된 지역이었으면 점점 농도가 짙어지는 피로 만든 안개에 대처하지 못하고 그대로 쓰러졌겠지.

아블은 피로 만든 안개를 만들어 둔 후 최수민이 다른 곳으로 도망가지 못하도록 공격을 해왔다.

휘이익.

다시 한 번 최수민이 아블의 공격을 피해낸 후 아블을 향해 검을 내질렀다.

서로의 공격이 허공을 가르자 피로 만든 안개가 무서운 속도로 최수민을 향해 달려들고 있었다.

'저거 피부에 닿아도 위험한 거였지? 이쯤에서 해결해야겠군.'

"프로즌 필드!"

최수민이 순식간에 캐스팅을 마치자 최수민 주변에 있던 공기가 급속도로 얼어붙기 시작했다.

봉인된 지역과 다르게 이미 주변이 빙하지역이었기에 봉인된 지역에서보다 훨씬 빠른 속도로 얼어붙기 시작한 공기와 함께 피로 만든 안개가 순식간에 얼어붙기 시작했다.

타앗.

피로 만든 안개가 얼어붙기 시작한걸 확인한 최수민이 방심하고 있던 아블과의 거리를 순식간에 좁혔고,

서걱.

'제길. 얕았다.'

아블의 가슴팍을 길게 그어놓았지만 최수민이 달려오고 있는 것을 본 아블이 급하게 뒤로 빠졌기에 상처가 깊지 않았다.

"아니? 어떻게 이렇게 간단하게…."

아블은 지금 자신의 가슴에 있는 상처가 아니라 최수민이 피로 만든 안개를 보자마자 순식간에 해결책을 찾았다는 것에 더 놀랐다.

분명 피로 만든 안개에 닿지 않기 위해 피로 만든 안개가 몸에 닿기 전에 마법을 사용했다.

"블러드 포그에 대해서 알고 있었나 보군."

그러나 다시 정신을 차린 아블이 최수민에게 물어보았다.

"아. 전에 말을 하지 않았었나? 내가 너에 대해서 잘 알고 있다고."

"그래. 그랬었지. 어떻게 나에 대해 그렇게 잘 알고있는지는 모르겠지만."

잘 알지. 잘 알 수 밖에. 지금 내 어깨에 너를 죽여달라는 사람들의 짐이 하나 둘이 아니거든. 거기다가 드래곤까지.

랭크셔 제국의 사람들. 그리고 멜로스의 복수까지.

"어떻게 그렇게 잘 알고 있냐고?"

다시 한 번 최수민의 검이 아블의 목 옆을 스쳐지나갔다.

"저승사자는 원래 죽여야 할 놈의 정보를 모두 알고 있거든."

"이 건방진 놈이 누가 누구를 죽인다고?"

최수민의 말에 흥분한 아블의 움직임이 전과 다르게 커졌다.

'지금이다!'

싸움중에 흥분하는 것만큼 위험한 행동이 없다. 그러나 아블은 지금 최수민의 말에 흥분한 상태.

최수민은 그 빈틈을 놓치지 않고 아블의 심장을 향해 검을 내질렀다.

푸욱.

◇

이번에도 실패인가?

과연 최종 보스답게 아블을 쉽게 쓰러뜨릴 수 있을 거라는 생각은 하지 않긴했지만 지금 같은 좋은 기회를 날리다니.

아블은 흥분한 상태에서도 자신의 심장을 향해 검이 날아오자 급하게 손을 뻗어 최수민의 검을 손으로 막아내었다.

그 과정에서 아블의 왼쪽 손은 거의 쓰지 못할 정도로 너덜너덜해졌다.

목을 내리쳤어야 했는데. 찌르기가 조금 더 정확도가 높을 것 같아서 찌르기를 했건만 결과적으로 치명상은 입히지 못했다.

'그래도 아직까지 기회인 건 틀림없다.'

한 번에 보내는 건 실패했지만 지금 아블의 왼손이 좋지 않은 상황.

최수민은 다시 한 번 아블을 향해 검을 휘둘렀다.

이번에야 말로 확실히 보내버리겠다는 생각으로 아블의 목을 향해 검을 휘두르자 아블은 허리를 숙이며 최수민의 검을 피해냈다.

'아무래도 아직까지 이렇게 큰 공격을 허용할 정도로 약해지지는 않았나보군.'

결국 아블을 이길 방법은 계속 찌르기 공격으로 조금씩 데미지를 주다가 블러드 서커를 활용하는 것.

'문제는 찌르기 공격이 눈에 익게 되면 더 이상 소용이 없게 된다는 건데.'

상대가 약하면 문제가 없지만 아블처럼 강한 녀석이 계속 되는 찌르기 공격의 패턴을 읽지 못할 리가 없었다.

실제로 아블은 조금씩 최수민의 공격패턴을 읽어나가며 조금씩 편하게 공격을 피해내고 있었다.

처음에는 최수민의 찌르기 공격에 생채기가 하나씩 생겼

었지만 시간이 흐를수록 아예 최수민의 검이 아블의 몸을 스치지도 못했다.

"후. 이제야 좀 몸에 적응이 되는 것 같군."

"왠 허세냐? 지금 내 공격을 막아내기만 해도 바쁜 것 같은데?"

말은 그렇게 했지만 아블의 움직임이 조금씩 더 좋아지고 있었다.

이건 단순히 찌르기 공격의 단순한 패턴 때문이 아니라 아블의 움직임 자체가 좋아지고 있는게 확실했다.

"저승사자라고 했던가? 그럼 내가 빙하 속에 멜로스 놈과 함께 얼마나 갇혀 있었는지도 알겠지?"

그게 5년이었던가? 김진수의 기억으로 봤을 땐 5년이 맞는 것 같은데. 왜 갑자기 그걸 물어보는 거지?

"5년?"

그건 그렇고 김진수가 싸우면서 이야기를 하는걸 좋아하더니 아블의 영향이었던지 아블도 싸우면서 여유롭게 이야기 보따리를 풀어놓기 시작했다.

물론 아직까지 최수민에게 반격을 해올정도는 아니었지만 이제는 최수민의 공격을 여유롭게 피하기 시작했다.

"그래. 무려 5년이지. 5년동안 난 몸도 없이 영혼만으로 이곳 저곳을 다녔다. 내 몸은 빙하 속에 잠든 채로 말이지."

휘이익.

다시 한 번 푸른 마나를 머금고 있는 최수민의 검이 허공을 수놓았다.

최수민의 공격을 여유롭게 피해낸 아블이 계속 이야기를 이어갔다.

"무려 5년이다. 짧다면 짧을 수도 있는 시간동안 난 이 몸을 움직이지도 못한 채 갇혀 있었지. 이제 5년 동안 굳어 있던 몸이 조금씩 풀리기 시작하는군."

겨울잠을 자고 일어난 동물들이 생활을 하기 위해 몸을 풀 필요가 있는것처럼 아블에게는 지금까지의 싸움이 5년 동안 움직이지 못했던 것의 몸풀기에 불과했다.

"이게 겨우 몸풀기였다고?"

아블의 말에 임동호가 절망한 표정으로 서벨리 빙하에 널려있는 길드원들의 모습을 보았다.

'겨우 몸풀기에 우리는 이렇게 당한 건가? 그것도 아블에게 상처도 거의 입히지도 못한 채로?'

임동호도 아블의 말이 허세가 아닌 것을 알 수 있었다. 확실히 점점 움직임이 좋아지고 있었으니까.

아블의 몸을 뒤덮고 있는 암흑 마나의 양은 변화가 없었지만 움직임은 점점 빨라지기 시작했다.

기름칠이 필요한 기계처럼 삐걱거리던 아블의 몸은 점점 부드럽게 움직이기 시작했고, 이제 최수민에게 반격까지 하기 시작했다.

까앙!

티어린 제국 초대 황제의 검의 효과 때문에 왼손의 상처가 회복되지 않은 채 아블이 오른손을 최수민에게 휘두르자 최수민은 급하게 검을 들어 공격을 막아내었다.

'분명 아까보다 상처 입어서 약해진 상태일 텐데 힘은 아까랑 전혀 변함이 없잖아?'

놀람도 잠시 다시 한 번 아블의 공격이 날아왔다. 이번엔 쓰지 않고 있던 오른쪽 발을 최수민의 복부를 향해 날렸다.

퍼억.

미처 피할새도 없이 빠르게 날아온 발이 최수민의 복부에 박혔고 최수민의 몸이 뒤로 밀려났다.

"후. 이제야 몸이 좀 제대로 풀리는군. 저런 쓰레기들을 상대하는 동안에는 전혀 몸이 풀리지도 않았는데 말이야."

아블의 말을 들은 임동호와 일행들은 자존심이 상했지만 할 말이 없었다.

진짜 아블에게 거의 상처를 주지 못했으니까.

"이게 겨우 몸이 풀린 정도라고? 원래 얼마나 강했을지 전혀 상상조차 안 되는데?"

"김진수라는 놈이 내 힘을 소모하지만 않았어도 진작에 다 죽었을 놈들이지. 아직까지 내 힘이 돌아오려면 멀었다."

대체 이놈 얼마나 강한 거야? 아무래도 허세는 아닌 것 같고. 진짜 김진수가 아니었다면 맥없이 당했을까?

"젠장. 이렇게 강할 줄은 몰랐네."

갑자기 전의가 확 사라진다. 이거 계란으로 바위치기도 아니고 이제 몸이 풀렸다는 건 지금부터 본격적으로 싸워보겠다는 것 아닌가?

"저승사자? 이제 한 번 저승사자가 어떤 존재인지 한 번 제대로 겪어보도록 하지."

아블의 얼굴에는 어느새 미소마저 띄워져 있었다. 자신의 승리를 이미 확신하고 있는 듯한 표정.

그와 반대로 임동호와 일행들의 얼굴에는 절망으로 가득 차있었다.

그러나 최수민은 아직까지 희망을 잃지않은 듯 미소를 띄고 있었다.

"그래. 이래야 최종보스 답지. 방금까진 너무 시시했었으니까."

"아직까지 여유가 있는 모양이군. 언제까지 그 여유가 지속되는지는 한 번 지켜보지."

몸이 풀렸다는 아블이 다시 한 번 최수민을 향해 오른손을 뻗어왔다.

아블의 말이 전혀 허세가 아니었다는 것을 증명하듯 이때까지와는 차원이 다른 속도로 최수민의 가슴을 향해 아블의 손이 날아왔다.

휘이익.

첫 번째 공격을 겨우 피해냈지만 아블의 손의 궤도가 순식간에 꺾이며 최수민의 가슴팍을 때렸다.

퍼억.

"그래. 이제야 몸이 좀 내 마음대로 움직이는 군."

한 번 공격에 성공한 아블은 신이 난 듯 거침 없이 공격을 시도했다.

이제는 아블과 반대의 상황이 되어서 아블의 공격을 막기에 급급해진 최수민.

몸이 제대로 풀려서 신이 났는지 아블은 쉴새 없이 한 손으로 공격을 퍼부었다.

그나마 너덜너덜해진 왼손은 사용하지 못해 오른손으로만 공격을 해오고 있었기에 아직까지는 아블의 공격을 막아낼 만했다.

'계속 이대로 공격을 막고만 있을 수 없지. 지금 한 번 블링크를 써서 공격해봐야겠군.'

최수민은 아블이 공격을 날림과 동시에 블링크를 사용해 아블의 뒤로 돌아가 블러드 서커를 휘둘렀다.

휘이익.

그러나 아블은 블링크를 해서 최수민이 사라지자마자 바로 방어를 하기 위해 자세를 취했고 갑작스럽게 나타난 최수민의 공격도 피해내버렸다.

'제기랄. 이렇게 될 줄 알았다면 블링크를 아껴두지 말고 미리 사용하는건데.'

혹시 무슨 일이 일어날지 모르기 때문에 블링크를 아껴두었더니 아블을 죽일 수 있는 좋은 기회를 날린 셈이 되었다.

"왜 갑자기 단검이지? 뭔가 숨겨진 능력이라도 있는 건가?"

티어린 제국 초대 황제의 검으로만 공격을 하던 최수민이 갑자기 단검을 휘두르자 아블은 그 단검을 경계하기 시작했다.

'젠장. 아까 전 심장을 노린 공격이 실패할 줄 알았으면 차라리 단검으로 공격을 할 걸 그랬나?'

단검을 사용하는 공격보다는 한 방에 심장을 꿰뚫는 것이 좋을 거라고 생각을 했지만 결과적으로는 단검을 이용하는 게 더 좋았을 것 같다는 생각이 들었다.

하지만 이미 엎질러진 물. 게다가 이제 단검이 있다는 것까지 들켰으니 아블을 단검으로 공격하기는 상당히 힘들어져다.

"아무래도 한 손으로는 힘들겠군. 아무리 몸이 풀렸다고 해도 안 되겠어. 다른 쓰레기들과는 다르게 네놈은 인정해 줘야겠구나."

너덜너덜해져서 균형을 잡는 것을 방해하고 있는 왼손을 한 번 쳐다본 아블은 입맛을 다시며 서벨리 빙하에 있는 길드원들을 쳐다보았다.

"안 돼! 저 놈을 막아! 피를 빨아먹고 체력을 회복하려고 한다!"

임동호의 외침과 동시에 아블이 멍하니 최수민과 아블의 싸움을 바라보고 있던 무력 길드원들 중 하나를 향해 순식간에 위치를 옮겼다.

'빠르다!'

몸이 풀렸다고 말하던 아블의 움직임은 최수민이 따라가기에 꽤 빨라진 상태였다.

그래서 어쩔수 없이 최수민은 다시 한 번 아블을 향해 블링크를 사용하였다.

"으… 저리가!"

아블에게서 느껴지고 있는 기운 때문에 몸을 움직이지 못한 무력 길드원의 목에 아블의 이빨이 닿으려고 하는 찰나 최수민의 몸이 무력 길드원의 앞에 나타났다.

까앙.

아블의 이빨을 검으로 막은 채 최수민이 아블에게 물어보았다.

"대체 이렇게까지 하는 이유가 뭐지? 랭크셔 제국도 멸망시키고 그리고 지금 여기에서까지 이렇게 사람들의 피를 빨아가며 하려고 하는 게 무엇 때문이냐?"

이미 서벨리 빙하에 널려있는 시체만 해도 100구가 넘었다. 그런 상황에서도 아직까지 아블을 사람들을 더 희생시키며 몸을 회복하고 강해지려고 하고 있었다.

"저승사자라고 하면서 나에 대한 모든 것을 다 아는 것처럼 말하더니. 이제 와서 그런 걸 물어보는 건가?"

"널 죽여야하는 것은 알고 있지만 대체 왜 이런 짓을 하고 있는지까지는 모르거든."

사실은 김진수의 기억을 보았기 때문에 아블의 목적을 다 알고 있었다.

조금씩 조금씩 더 강해진 채로 마왕의 자리를 노리려고 하는 아블의 목적.

그리고 아블의 자존심이 상당히 강하다는 것까지.

"강해지려는 목적? 간단하지. 마족으로 태어난 이상 마족의 목적은 단 하나밖에 없다. 누구보다 강해지는 것. 그리고 그 목적의 종착점은 마왕을 꺾은 후 마왕이 되는 것이다."

그래. 그건 잘 알고 있지. 랭크셔 제국에서 힘을 모아서 마왕에게 도전했다가 처참하게 패배했던 것도.

"그럼 여기 있는 사람들은 마왕과의 싸움을 위한 제물이란 말인가?"

"제물? 제물 같은 고급단어를 쓸 정도로 너희가 가치가 있는지 모르겠군. 아 물론 너는 그 정도의 가치가 있겠지만."

임동호를 비롯한 다른 사람들은 인정해주지 않았지만 최수민은 인정해주고 있었다.

"그런 가치가 없는 사람들의 피를 빨아먹으면서 강해져봐야 무슨 소용이겠어? 적어도 나 정도는 되야 그나마 마왕이랑 상대할 때 도움이 될 힘을 얻을 수 있지 않겠어?"

"걱정하지 마라. 곧 너의 차례가 올 테니까."

"한 손으로 나조차 못 이기면서 마왕에게 도전한다고? 평생 가도 못 이길 거다."

"그건 그 때 가봐야 아는 거겠지."

어라? 이게 아닌데? 아블의 자존심을 자극하면 무력 길드원의 피를 빨아먹는 것을 포기하고 덤벼들 줄 알았는데 예상외로 아블은 침착했다.

"어차피 너희 모두 나에게 죽을 텐데 순서가 중요한가?"

괜히 흥분했다가 아까처럼 최수민에게 당할지도 모른다는 생각에 아블은 침착함을 유지했다. 게다가 지금은 최수민의 손에 정체를 알 수 없는 단검이 쥐어져있기도 했고.

"제길. 아무리 그래도 내가 여기 있는 한 다른 사람들의 피를 빨아 먹는 모습을 가만히 보고만 있을 순 없지."

아직까지 블러드 서커를 박아넣지 못한 상태에서 아블이 다른 사람들의 피를 빨아 먹어 몸 상태를 회복하고 더 강해지는 것보다 더 최악의 상황은 없다.

아블이 다른 무력 길드원의 피를 빨아먹기 위해 다시 한 번 움직이자 최수민은 아블을 잡기 위해 바로 아블을 따라갔다.

"뭉쳐!"

최수민이 자신들을 지키기 위해 열심히 움직이고 있는 것을 확인한 길드원들은 빠르게 뭉치기 시작했다.

좋았어. 이제 좀 걱정을 덜겠네.

길드원들이 뭉치면서 아블이 다가올 수 있는 공간이 줄

어들며 조금 안심하려고 할 때 아블이 몸을 틀어 임동호와 파티원들이 있는 곳을 향했다.

'제길. 저 쪽 사람들 상태가 말이 아닌데. 큰일났다.'

뒤늦게 최수민이 아블을 따라 임동호의 파티원들이 있는 곳을 향해 달려갔지만 아블의 빠른 속도를 따라가기에는 늦은 시간이었다.

'안 돼. 평범한 길드원들도 아니고 저 사람들의 힘을 뺏기게 되면 절대 승산이 없다!'

최수민은 아블과의 거리를 좁히기 위해 3번밖에 남지 않은 블링크 중 2번을 연속으로 사용했다.

번쩍. 번쩍.

두 번의 빛이 서벨리 빙하에 비춰지자 최수민은 아블보다 더 빨리 임동호의 앞에 도착했고,

"최수민 뒤를 봐!"

푸욱.

임동호의 경고와 동시에 최수민의 목덜미에 아블의 이빨이 박혔다.

◇

푸욱.

목에 날카로운 무언가가 박히는 감각은 좋지 않았다.

이질적인 것이 목에 박히는 순간 온 몸에 마취제를 풀어

놓은것처럼 온 몸이 나른해지기 시작하더니 의식이 몽롱해지기 시작했다.

쭈우욱.

그리고 목을 향해 피가 솟구치기 시작했고 온 몸의 기운이 목 쪽으로 흘러나가는 것이 느껴졌다.

아. 이러면 안 되는데. 이렇게 붙어있을 때 블러드 서커를 아블의 몸에 박아넣어야 하는데.

멀어져가는 의식을 겨우 붙잡아 단검을 들고 있는 왼손을 아블에게 휘둘렀다.

휘리릭.

하지만 몽롱한 의식으로 휘두른 단검은 아주 힘없이 아블의 옆을 스쳐지나갈 뿐이었다.

"젠장. 최수민이 당하게 되면 모두 끝이다!"

임동호와 일행들은 아블이 최수민의 피를 빨아먹는 모습을 보고만 있지 않았다.

아블에게 목을 물린 다른 사람들처럼 힘이 빠진 채 몸을 가누지 못하는 최수민을 향해 임동호와 일행들이 각자의 무기를 들고 달려왔다.

그러나 네 사람의 상태도 정상이 아닌 상황.

임동호가 휘두르는 검을 아블이 멀쩡한 오른손으로 막아내었고, 배재준이 휘두르는 검은 이제 회복된 왼손으로 막아내었다.

그러나 존 데커는 최수민과 밀착되어 있는 아블에게

마땅히 날릴 마법이 없어서 멀리서 상황을 지켜볼 수 밖에 없었다.

“젠장. 벌써 왼손까지 다 회복되었다니. 이제 끝인가?”

끝? 끝이라는 말에 멀어져가던 최수민의 의식이 다시 조금 돌아왔다.

최수민의 몸 속에 포함되어 있는 트롤의 피 덕분에 다른 사람들의 피를 빨아 먹는 것보다 훨씬 빠른 속도로 회복되어 가고 있는 아블.

이대로 끝낼 순 없지. 어차피 이렇게 붙어 있어도 죽는다면.

최수민은 품 속에서 신성한 물약을 꺼내 들었다.

아블의 입속으로 직접 넣을 수 없다면 최수민이 그 신성한 물약을 마신 후 아블의 몸속으로 전달해줄 생각이었다.

‘어차피 지금 이 상황을 벗어나지 못하면 죽는다. 이걸 마시고 죽나, 아블에게 죽나 마찬가지지.’

아블은 최수민의 피를 빨아먹는 동안 자신에게 날아오는 공격이 아니면 아무런 신경을 쓰고 있지 않았다.

최수민은 아블이 자신의 목덜미에 붙어서 피를 빨아먹는 동안 신성한 물약의 뚜껑을 열어 입안에 털어넣었다.

유리병 속에 얼마나 오랜 세월을 갇혀 있었던지 신성한 물약은 유리병속에서 나오자마자 최수민의 몸속으로 거칠게 빨려들어갔다.

“으아아악!”

평범한 인간이 감당할 수 없는 어마어마한 신성력이 최수민의 몸을 헤집고 다니자 몸속이 갈갈이 찢어지는 느낌이 들었다.

[아라크네를 홀로 해치운 자의 칭호가 엄청난 신성력이 가지고 있는 독성을 완화 시켜줍니다.]

완화된 게 이정도라고? 완화되지 않았으면 마시는 순간 그대로 염라대왕과 면담을 하러 갈뻔했다.

그러나 이런 행동을 하고 있는 최수민의 모습을 보고도 아블은 아무런 행동을 하지 않았다.

최수민의 피에서 느껴지는 엄청난 힘.

그 힘에 매료된 아블은 최수민의 피를 빨아 먹는데만 신경을 쓰고 있었다.

이 힘과 함께라면 마왕의 자리를 뺏는 것이 정말 눈 앞에 보일 것 같았다.

'제기랄. 역시 아블의 입안에 직접 신성한 물약을 넣었어야 되는 건가?'

몸 속을 헤집던 신성한 물약은 오히려 최수민에게 통증만 주고 있는 상태. 안그래도 아블 때문에 의식이 몽롱해지던 상태였는데 몸 속에서 느껴지는 통증 때문에 점점 의식의 끈이 멀어져 가고 있었다.

그 때 신성한 물약이 자신이 해야할 일을 알아차리기 시작했다.

자신이 만들어진 이유.

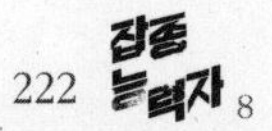

아블을 죽이기 위해 만들어진 신성한 물약은 자신이 무엇을 해야하는지 알아차린 후 최수민의 목을 향해 급속하게 이동하기 시작했다.

"크으윽."

몸 속을 헤집고 다니고 있던 신성한 물약이 한 번에 목을 향해 이동하자 그 통증은 말로 표현할 수가 없을 정도였다.

"크아아악!"

이번엔 아블쪽에서 비명소리가 들려왔다. 한참 최수민의 목에서 최수민의 피를 빨아먹고 있던 아블의 몸 속에 최수민의 몸을 헤집고 다니던 신성한 물약이 순식간에 들어간 것.

신성력이 자신들의 몸에 독이라는 것을 알기에 뱀파이어들은 신성력이 조금이라도 있다면 신관이 아닌 사람조차 건드리지 않았다.

그런데 지금 아블의 몸 속에 수십 명의 신관들의 신성력으로 만들어진 신성력의 결정체인 신성한 물약이 들어간 것이다.

아블은 고통을 이기지 못한채 최수민에게서 물러났고 죽을 것 같은 표정으로 거친 비명을 질러대고 있었다.

그와 동시에 아블의 몸을 감싸고 있던 암흑 마나가 순식간에 사라지며 아블의 얼굴색마저 새파랗게 변하기 시작했다.

'이때다.'

아블이 자신의 몸에서 떨어지자 의식이 돌아온 최수민이 블러드 서커를 손에 쥔 채 아블의 심장을 향해 찔러넣었다.

푸욱.

암흑 마나로 보호되고 있던 아블의 몸에 암흑 마나가 사라지자 최수민의 단검이 아주 쉽게 박혀 들어갔다.

주르르륵.

아블의 몸에서 흘러나오는 피는 땅으로 흐르지 않고 그대로 블러드 서커에 흡수되기 시작했다.

블러드 서커의 날이 점점 빨갛게 물들기 시작한 반면 새파랗게 질리기 시작한 아블의 얼굴은 점점 더 푸르게 변해갔다.

"최수민 괜찮아?"

아블에게 이미 꽤 많은 피를 빨렸기에 최수민은 블러드 서커를 박아 넣은 후 비틀거리다가 바닥에 무릎을 꿇고 앉아버렸다.

임동호는 그런 최수민을 향해 당장 달려왔고 다행스럽게도 최수민의 상태는 그리 심각해 보이진 않았다.

"지금 물약 남는 사람 있어? 빨리 들고와!"

아블의 상태가 좋지 않아보였지만 여기 있는 사람 모두가 상태가 좋지 않기는 마찬가지였다.

그 중에서도 아블을 이길 수 있을 것 같은 희망을 가지고 있는 사람은 최수민밖에 없었다.

배재준이 가지고 있던 남은 물약을 마셨지만 최수민의

몸이 순식간에 나아지는 일은 없었다.

몸에 상처가 생긴 것을 치료해주는 물약이 필요한 것이 아니라 당장 최수민의 몸에 피가 부족했기 때문.

"걱정하지 마세요. 지금 단순히 몸에 피가 부족해서 그런 것 뿐이니까. 시간이 지나면 나아질 거에요."

능력자가 되기 전 임상실험 아르바이트를 하면서 수없이 많은 피를 뽑아보았기 때문에 피가 모자라서 어지럽다는 것 쯤은 쉽게 알 수 있었다.

그럼에도 불구하고 쉽게 안심할 수 없는 이유는 아블이 아직까지 용케 살아 있기 때문.

"이… 이 자식… 무슨 짓을… 한거냐…."

말을 이어가기도 힘들어 보이는 아블은 우선 심장에 박혀있는 블러드 서커를 뽑아내기 위해 심장을 향해 팔을 뻗었다.

'젠장. 어떻게 박아넣은 건데 저게 뽑히게 그냥 둘까보다.'

최수민은 블러드 서커를 뽑아내려고 하는 아블을 막기 위해 비틀거리며 걸음을 옮겼다.

그런데 아블이 블러드 서커를 뽑아내기 위해 양손에 아무리 힘을 주어도 블러드 서커에는 미동도 생기지 않았다.

"이… 단검 대체 어떻게… 만든 거지?"

전혀 미동도 하지 않는 단검. 그리고 아블의 혈색은 이제 파란색에서 창백한 색으로 변해가기 시작했다.

'죽을때까지 피를 빨아먹는다는 게 이런 의미였나? 한 번 박아넣으면 절대로 뽑아 낼 수 없는.'

지금 아블의 몸 속에는 신성한 물약이 돌아다니며 아블의 내부를 파괴하고 있었고, 아블의 정상적인 피는 블러드 서커를 통해 뽑혀나가고 있었다.

'지금 확실히 죽여야 한다.'

죽어가고 있는 아블이었지만 또 어떤 일이 벌어질지 알 수 없었다. 랭크셔 제국의 멸망에서도 알 수 있는 것처럼 아블을 죽일 수 있는 기회가 있을 때 죽이지 않으면 언제 엄청나게 강해져서 돌아올지 모른다.

랭크셔 제국은 아블을 죽일 기회가 있었지만 나라안의 권력 다툼을 하다가 결국 강해진 아블에게 멸망했었지.

그 기억들이 최수민에게 랭크셔 제국 최후의 힘으로 새겨져 있었고 최수민은 비틀거리는 몸을 이끌고 아블에게 한 걸음씩 다가갔다.

"최수민. 몸도 안 좋은 것 같은데 무리 하지마. 마무리는 우리가 하도록 하지."

임동호의 외침에 최수민은 고개를 저었다. 지금 눈 앞에 있는 아블은 단순한 최종보스가 아니었다.

랭크셔 제국의 마지막 바람, 그리고 멜로스의 복수까지.

단순한 최종보스가 아니라 모두의 원수. 그 복수를 자신의 손으로 하고 싶었다.

랭크셔 제국 사람들은 잘 모르지만 멜로스같은 경우

드래곤 하트까지 자신에게 주면서 죽어갔기에 더더욱.

검을 꺼내들고 아블에게 걸어가고 있었지만 아블은 아무런 반응도 하지 못했다.

반응은 커녕 숨조차 쉬기 힘들어보이는 아블.

"어떠냐? 니가 쓰레기라고 하던, 그리고 네놈이 죽여왔었던 사람들이 만들어낸 원망의 결정체가?"

지금 아블을 이렇게 괴롭게 만든 것은 최수민이 만든 것이 아니다. 아블에게 죽어갔던 사람들의 복수를 위해 랭크셔 제국의 마지막 사람들이 만들어 두었던 물약과 블러드 서커.

그리고 랭크셔 최후의 힘.

모든 것이 아블에 대한 원망으로 만들어 진것들.

"이… 쓰레기 같은 놈들이…. 마왕이 될 존재를…."

창백해져가는 얼굴의 아블이었지만 두 눈에서는 분노가 불타오르고 있었다.

하지만 그게 전부였다. 아블은 치명적인 독약을 치사량보다 훨씬 많이 들이킨 사람처럼 시름시름 앓을 뿐 아무것도 할 수가 없었다.

"결국 마왕이 될 그릇이 아니었겠지. 수많은 사람들을 희생시키고도 마왕이 되는 것을 실패했을 때부터 말이야."

최수민이 힘겹게 검을 치켜들었다. 최수민의 검에는 평소같이 푸른 마나가 일렁이고 있지 않았지만 죽어가는 아블의 목을 치기에는 충분했다.

"이대로… 이대로 끝이라고 생각하지 마라!"

만화나 영화에서 악역들이 할만한 대사를 아블이 그대로 읊었다.

쉽게 무시하고 넘어갈 수도 있는 말이었지만 지금 아블을 죽이게 되면 모든 능력자들의 힘이 모두 사라진다.

아블이 그것을 노리고 말한 것인지는 모르겠지만 그 말을 들은 최수민과 임동호의 파티원들 모두 동요할 수 밖에 없었다.

"무슨 말이냐? 죽기 전에 헛소리를 하고 있는 건 아니겠지?"

"크하하하하."

대답 대신 미친 듯이 웃기만 하는 아블.

아블도 어차피 심장에 박혀있는 블러드 서커. 그리고 몸속을 돌아다니는 신성한 물약 때문에 살 수 없다는 것을 이미 알고 있었다.

"내가… 이런 아무것도 모르는 놈에게 죽게 될 줄이야."

그래. 어차피 내가 아니더라도 죽을 놈인데 길게 생각할 필요 없겠지.

어떤 일이 벌어지던지 그건 그때가서 생각하면 된다. 이제 와서 아블의 죽음을 막을 수 있는 방법도 없을 것 같고.

"랭크셔 제국의 사람들과 멜로스의 복수다!"

하늘을 향하고 있던 최수민의 검이 아블의 목을 향해 내려왔고 마왕을 물리쳤던 티어린 제국 초대 황제의 검은 한 번에 아블의 목을 몸과 분리시켰다.

붉은 피는 블러드 서커에 빨려나갔기에 아블의 목에서는 붉은색 피가 아니라 파란색 신성한 물약이 분수처럼 솟구쳤다.

그리고 최수민에게 흘러들어오는 아블의 힘.

이제껏 상급 마족들을 죽여서 얻었던 힘과는 차원이 다른 엄청난 힘이 최수민의 몸을 타고 들어오기 시작했다.

'뭐지? 아블을 죽인 것도 랭크셔 제국 최후의 힘이 적용되는 건가?'

비틀거리던 다리가 정상으로 돌아왔고 아블과 싸우기 전보다 오히려 온 몸에 힘이 넘치기 시작했다.

아블에게 희생당했던 수많은 사람들의 기운이 최수민의 온 몸에 흘러들어오는 듯한 기분.

'이제 더 이상 쓸 일도 없을 테고 모두 다 회수당할 힘이지만 이렇게 몸에 힘이 넘치는 것도 나쁘지 않은 기분인데?'

최종 보스인 아블을 물리쳤기에 이제 남은 것은 론디움이 사라지고 능력자들이 가지고 있는 모든 힘을 회수당하는 것밖에 없었다.

"이제… 끝난 건가?"

"그렇겠지. 설마 저렇게 된 녀석이 다시 살아나기야 하겠어?"

아블의 목이 땅에 떨어지는 순간 서벨리 빙하에서 움직이지 못하고 있던 수십 명의 길드원들이 최수민을 향해 걸어오기 시작했다.

"드디어 모든게 끝난 건가요? 이제 이 지긋지긋한 몬스터들도 끝이고 론디움도 끝인 거겠죠?"

"아직은 모르지만 아마도 그렇겠지?"

이제는 평범함으로 돌아갈 시간이다.

능력자로 살아온 이들에게 평범함이란 거리가 먼 단어였지만 그것도 살다보면 적응이 될터.

모두가 아직까지 실감을 하지 못하고 있을 때 서벨리 빙하를 비롯한 론디움, 그리고 지구에 있는 능력자들의 눈 앞에 하나의 메시지창이 생겼다.

[론디움 최후의 날이 끝났습니다. 모든 능력자들이 테베에 있는 신전으로 소환됩니다.]

그리고 메시지창이 생김과 동시에 살아남아 있는 모든 능력자들이 순식간에 빛으로 둘러쌓인채 테베에 있는 신전으로 이동하였다.

7장. 평화로운 일상속으로

7장. 평화로운 일상속으로

"여긴 어디야?"

"테베라는 곳도 있었나? 처음 와보는 곳인데."

테베가 익숙한 임동호와 파티원들, 그리고 최수민을 제외하고는 테베라는 곳에 아예 처음 와보는 사람들도 많았다.

그런데 예전보다 신전이 훨씬 거대해진 느낌이다? 수 천 명의 능력자들이 들어왔는데도 신전은 그 사람들을 다 수용하고도 공간이 남아있었다.

"이제 모든 게 끝나는 순간인가 보군. 마지막까지 테베의 신전에서 진행되다니."

"그러게. 아블에 대한 정보를 처음 얻었던 곳도 테베

신전이었는데. 긴 시간이었는데 결국 끝이 나긴하는군. 그것도 우리의 승리로."

아블에게 모두가 죽은 목숨이라고 생각했는데 어떻게 했는지 결국 최수민이 해냈다.

"수고했어. 최수민. 아마 너의 힘이 없었더라면 이 곳에서 있는 건 우리가 아니라 아블이었을지도 모르지."

"그래. 한 편으로는 좀 아쉽겠군. 짧은 시간에 이렇게 강해졌는데 이 힘을 제대로 즐기지도 못하고 모든 힘을 다 회수당하게 생겼으니까."

"뭐 저 혼자만 힘을 잃는 것도 아닌데 아쉬울 것도 없죠. 이제 원래 제대로 된 세상으로 돌아가는 것 뿐이에요."

아쉬울것이라는 임동호와 배재준의 말과는 달리 오히려 최수민의 마음은 홀가분했다.

말은 하지 않았지만 강한 힘을 가지고 있기에 그만큼 최수민의 어깨에 부담감이 상당했다.

모든 것을 혼자 해결해야 한다는 부담감.

그나마 사람들의 도움을 받기도 했지만 집구석에 박혀 게임이나 하고 있던 최수민에게 그런 부담감은 받아들이기 힘들었었다.

'뭐. 이제는 랭크셔 제국의 사람들과 멜로스의 복수까지 했으니 더 할 일도 없겠지만.'

아직까지도 상황 파악을 하고 있는 사람들의 앞에 테베의 신관이 나타났다. 예전의 노인 모습이 아닌 다시 젊어진 모습으로.

“여러분 수고하셨습니다. 저는 여러분 스스로 강해진 후 여러분의 힘으로 지구에 닥친 위기를 해결할 수 있을 거라고 믿고 있었습니다.”

마이크가 있는 것도 아닌데 수천 명의 사람들의 귀에 신관의 목소리가 명확하게 박혀들어왔다.

저 놈은 누구야? 누군데 저런 소리를 하는거지 하는 소리가 신전에 울려퍼지기 시작했고 다시 신관이 말을 이어갔다.

“그럼 미리 알려드렸던 것처럼 몬스터들 그리고 마족들과 싸우기 위해 드렸던 힘을 모두 회수하도록 하겠습니다.”

신관의 말에 사람들이 다시 한 번 웅성거리기 시작했다. 최수민과 임동호처럼 힘을 회수당하는 것을 당연시 여기고 있는 사람들도 있었지만 그렇지 않은 사람들도 있었다.

“누구 마음대로? 줄 때는 마음대로였지만 가져갈 때도 마음대로 될 것 같아?”

수천 명의 사람들중 머리가 다 벗겨진 거대한 덩치의 사내가 거대한 도끼를 짊어진채 소리쳤다.

“그… 그래! 우리가 개고생해서 올린 레벨과 힘들게 돈 주고 사서 맞춘 장비인데 이걸 가지고 가겠다고? 날 죽이지 않는 이상 못들고 간다!”

“레벨과 장비를 보상해주지 않으면 내 힘은 못 가져간다!”

대머리 사내의 외침이 불만이 있던 사람들의 불만을 고조시켰고 결국 신전안에서 사람들의 불만이 폭발했다.

그나마 아블을 죽이기 위해 갔었던 길드원들과 최수민, 임동호의 파티원들과 오베르토를 비롯한 몇몇의 사람들 빼고는 모두 무기를 든 채 신관을 향해 달려가기 시작했다.

"무엇을 원하는 건가요?"

신관은 달려오고 있는 사람들에게 조용히 말을 꺼내자 사람들은 각자 원하는 것을 말하기 시작했다.

힘들게 얻은 힘이니 회수하지 마라고 하는 극단적인 사람들, 그리고 돈이나 다른 보상으로 해달라고 하는 중도적인 입장인 사람들도 있었다.

"이해할 수가 없네요. 제가 알기로는 이 능력을 활용하여 목숨을 걸고 론디움과 지구를 지키려고 했던 사람들은 조용히 정해진 운명을 받아들이려고 하고 있는데, 능력을 활용해서 돈을 벌어왔거나 쓸데 없이 사람들을 괴롭혀온 사람들이 억울하다는 듯이 말을 하고 있다니."

신관의 말처럼 마족과의 싸움에 한 번이라도 참여했던 사람들은 정해진 운명을 받아들이려고 하고 있었다.

그도 그럴것이 지금 이 힘을 반납하지 않으면 다시 몬스터가 나타날지도 모르고 다시 목숨을 걸고 살아야 할지도 모르기 때문이었다.

"어… 어쨌든 몬스터들을 사냥한 건 사실이잖아! 저 놈을 죽입시다! 그리고 우리의 힘이 회수되는 것을 막읍시다!"

도끼를 들고 있는 대머리 남자가 사람들을 선동하기 시작했고 흥분한 사람들은 대머리 남자의 의견에 금방 동요했다.

신전 바닥이 울릴정도로 엄청난 소리가 신전 내부에 울려퍼졌고 대머리 남자의 도끼가 신관의 몸에 닿으려고 하는 순간 대머리 남자가 도끼를 손에서 놓쳤다.

"으아아악!"

도끼를 잡고 있던 양 팔이 부러진 남자는 앞으로 쓰러진 채 고통스러워 하고 있었다.

도끼를 들고 있던 남자뿐만이 아니었다. 대머리 남자처럼 무거운 무기를 들고 있었던 사람들은 무기를 도저히 들 수가 없어서 무기를 땅에 놓아버렸고, 개중에는 부상을 입은 사람들도 많아보였다.

"여러분들은 더 이상 능력자가 아니기에 이 곳에 있을 수 없습니다. 그럼 이 때까지 수고하셨습니다."

신관에게 달려가고 있던 사람들이 빛으로 둘러싸이더니 순식간에 신전에서 사라져버렸다.

"무슨 일이 있었던 거지? 움직임을 전혀 보지도 못했는데."

아블과의 싸움을 마치고 왔는데도 불구하고 신관의 움직임은 전혀 보이지도 않았다. 그런데 아블과 싸우지 않고 우리를 보냈단 말인가?

"간단합니다. 저는 전혀 움직이지 않았으니까요."

신관은 어느새 말을 꺼내었던 최수민 옆으로 다가와 있었다.

"그럼 어떻게 된거죠?"

"저 사람들의 힘을 모두 회수했을 뿐입니다. 능력자가 아니기에 평소처럼 무기를 들 힘이 없어서 무기를 떨어뜨린 것 그게 끝입니다."

"저 사람들만 먼저 보내고 저희는 이렇게 남겨둔 이유는 무엇인가요?"

이야기를 듣고 있던 임동호가 조심스럽게 말을 꺼내었다. 평소에도 신관을 조심스럽게 대하고 있었지만 수많은 사람들의 힘을 한 번에 회수하는 모습을 보자 더욱 조심스러울 수 밖에 없었다.

"저에게 달려들었기 때문에 어쩔 수 없었을 뿐입니다. 여러분이라고 해서 특별 대우를 해드리는 일은 없을 겁니다."

다른 사람들을 먼저 보냈기에 혹시나 하는 기대를 하긴 했지만 신관의 말에 사람들은 한숨을 내쉬었다.

"저희에게 힘을 주었다가 다시 회수하는 이유가 무엇입니까? 그것에 불만은 없지만 이유는 알고 싶습니다."

마음의 준비를 하고 있던 임동호가 신관에게 질문을 던졌다. 이제껏 강해지기 위해 보내었던 오랜 시간들.

그러나 그걸로 목표를 이루었기에 후회는 없다. 하지만 꼭 힘을 회수해가야만 하는 이유가 무엇일까?

"아까도 보셨겠지만 인간이 힘을 가지고 있으면 방금 같은 일이 생기게 됩니다. 대상이 제가 아니라 평범한 인간들이었다면 어떻게 되었을까요?"

죽었겠지 아마. 하긴 총군 연합원들이 했던 것을 생각해 보면 그럴만도 하다.

게다가 이제는 공공의 적마저 사라진 상황. 총군 연합원들이 뜻을 포기하게 된 것도 블루 드래곤이라는 적을 맞이한 후 아블이라는 공공의 적이 있었기 때문이었다.

"저는 인간들은 같은 능력을 가지고 있어야 한다고 생각합니다. 티어린이라는 다른 세상이 있는데 그 곳에는 드래곤, 엘프를 비롯한 많은 종족들이 살고 있어요. 그리고 그곳에는 막대한 힘을 가지고 있는 드래곤의 말을 아무도 거역하지 못합니다. 저는 지구가 그런 세상이 되는 것을 원하지 않습니다."

이미 지구에는 권력이 양분되어 있지만 아예 저항도 할 수 없는 존재는 만들고 싶지 않다는건가?

"자. 이제 여러분들도 이게 마지막입니다. 원래 가지고 있었던 힘은 잃게되지만 론디움을 그리고 지구를 구했다는 자부심을 가지고 살아가시길."

신관의 말이 끝나자 남아 있던 사람들의 몸이 빛으로 둘러싸이기 시작했다.

그리고 신관의 웃는 얼굴을 마지막으로 모든 사람들이 지구로 돌려보내졌다.

◇

"오셨어요?"

"늦게도 오시네. 기다리고 있었다구요."

"이게 얼마만인지 모르겠네요!"

최수민과 임동호, 그리고 무력 길드원들은 무력 길드 건물로 보내졌다.

그러자 처음에 보이지 않았었던 사람들이 임동호와 사람들을 맞이해주었다.

"동우? 지환이? 지혜? 너희 다 살아났구나! 그래 그걸 물어보는 걸 깜빡했었는데!"

임동호는 자신을 맞이해주는 사람들 하나하나를 포옹으로 맞이해주었다.

"누구에요? 저사람들?"

그 사람들을 전혀 알지 못하는 최수민이 옆에 있던 무력 길드원에게 물어보았다. 엄청 친해보이는데 왜 이제껏 보지 못한걸까?

"아 저 사람들은 무력 길드원들인데 예전에 론디움에서 죽었었던 사람들이에요. 아블을 죽이면 죽었었던 능력자들이 모두 살아난다더니 진짜구나."

임동호에 비해 다른 무력 길드원들은 비교적 반응이 시큰둥했다.

그도 그럴 것이 지금 임동호와 포옹을 하고 있는 사람들

중에는 죽은지 오래된 사람들도 있었기 때문에 기억조차 잘 나지 않는 사람들도 많았다.

'임동호가 정말로 길드원들을 잘 대해줬었구나. 진짜 한 명 한명을 다 기억하고 있네.'

임동호는 포옹을 끝내자 죽었다가 다시 살아온 사람들을 향해 말했다.

"그 동안 어떻게 지낸 거야? 그 동안의 기억은 있고?"

"음… 잘 모르겠어요. 왠지 모르겠는데 머리 속에 물약을 팔았던 것 같은 기억이 있기도 하고."

"저는 여관에서 술을 날랐던 것 같은 기억이 나는데요? 그냥 잠시 눈을 감았다 뜬 것 같은데 꿈을 꾼 건가봐요."

죽었다가 살아난 사람들은 NPC가 되었던 기억을 가지고 있었다. 물론 그게 자신의 기억이라는 것을 알지는 못했다.

"그랬군. 아 잠시 기다려봐. 이 날을 위해 준비해 두었던 것들이 있지."

잠시 자리를 비운 임동호는 자신의 방에 들어갔다가 오더니 죽었다가 다시 살아온 사람들 수에 맞는 통장을 가지고 왔다.

"이건 왜 갑자기 통장이에요?"

"너희가 없는 동안 너희를 위해 돈을 좀 모아놨어. 어차피 우리가 지면 끝이라고 생각하고 모아둔 것이니까 부담없이 가져."

임동호는 무력 길드원들이 살아 돌아올 때를 대비해 미리 무력 길드의 돈을 활용해 그 사람들의 돈을 마련해두었다.

죽지 않고 살아있었던 사람들의 불만도 없었다. 오히려 자신들이 언제 죽을지 모르는데 확실한 보험이 있으니 무력 길드를 배신할 필요가 없게 만들었다.

"이렇게 많은 돈을? 저희가 없는 동안 살림 살이가 나아지셨나봐요?"

"그래. 이 건물을 봐. 예전에 우리가 지내던 후줄근한 빌딩과는 완전 다른 건물이라고."

능력자로서의 능력은 모두 다 잃어버렸지만 다시 살아온 길드원들을 보는 임동호의 행복감은 더욱 커졌다.

'그럼 나도 레나를 만나러 가볼까.'

걱정하고 있었을 레나에게 승전보를 알려주기 위해 최수민은 무력 길드 건물을 나섰다.

◇

"모든 능력자들이 힘을 잃었다는 것 확실해?"

"네. 확실합니다. 심지어 자기들이 들고 있던 무기들까지 놓쳐버릴 정도로 완전히 모든 힘을 다 잃었습니다."

청와대 안 능력자 관련 행정관 안장호가 정부 소속 능력자들과 대화를 나누고 있었다.

믿을 수 없다는 듯 정부 소속 능력자들에게 이것 저것 테스트를 해본 후 능력자가 정말 완전히 힘을 잃었다는 것을 확인했다.

"정말 일반인 수준으로 돌아왔군. 아니 일반인보다 조금 나은 수준인가?"

"아마 다른 사람들도 이정도 수준일겁니다."

"이제 더 이상 몬스터들이 나오지 않는 것도 확실하고?"

"네. 론디움 자체가 사라졌습니다. 론디움에 돌아갈 수가 없는 상황입니다."

능력자들의 말에 행정관의 얼굴에 알 수 없는 미소가 지어졌다.

"그래. 알겠어. 이 때까지 고생했고 집에가서 푹 쉬어. 이제는 능력자들이 아니라 우리가 일을 해야할 차례니까."

"네. 알겠습니다."

행정관은 알 수 없는 미소를 띈채 대통령을 비롯한 사람들을 만나러 길을 떠났다.

◇

"확실한 정보야? 우리측 능력자들만 확인된거 잖아. 무력 길드나 지혜 길드원들에 대한 정보는 없나?"

안장호가 정부 소속 능력자들을 확인한 결과를 대통령과 장관들, 그리고 재계의 총수들이 있는 자리에서 이야기하자 대통령이 되물어왔다.

“일단 저희측 능력자들에 대해서는 확실하게 확인이 되었습니다. 아마 무력 길드측이나 지혜 길드측도 힘을 잃었을 거라고 생각은 하지만 혹시 모르니 확실하게 한 번 확인을 해보도록 하겠습니다.”

“그건 그렇고 최수민이 그 때 했던 말이 정말 사실인가 보군요. 능력자들이 모두 힘을 잃다니.”

“역시 신은 공정한가 봅니다. 별것도 아닌 놈들이 우연히 능력자가 되어서 힘이 있는 척 하는걸 꼴보기 싫었는데 결국 이렇게 공평하게 만들어주네요.”

기존에 대한민국의 권력층들은 능력자들의 힘이 너무나 강해서 직접적으로 불만을 표하지는 못했어도 능력자들에 대한 불만이 가득 쌓인 상태였다.

감히 권력층인 자신들에게 도전을 하다니? 그것도 가진 거라곤 힘밖에 없는 무식한 능력자놈들 주제에.

언젠간 꼭 능력자들을 응징해주려고 생각하고 있던 터에 지구를 둘러싸고 있던 위기가 모두 해소되었다고 했고 덩달아 능력자들이 모두 힘을 잃었다고 했다.

지금 청와대에 있는 사람들의 입장에서는 정말 겹경사가 찾아온 셈.

“그럼 능력자들이 모두 힘을 잃었다는 것을 확인한 후에는 어떻게 하면 될까요?”

“그러게요. 그 놈들중에 아예 힘만 믿고 동네 양아치

처럼 행동한 녀석들이야 그냥 죄를 물으면 되긴 하지만….”

“그 놈들이 가지고 있는 재산들도 문제입니다. 그 놈들의 호주머니에 우리들의 돈이 한 두푼 들어간 것도 아니구요.”

능력자들이 힘을 잃었다는 게 거의 확실시 되고 있었기에 사람들의 입에서 앞으로 능력자였었던 사람들을 어떻게 처리할지에 대한 이야기들이 오고 갔다.

“뭐 이런거 한 두 번 해보시는 것도 아니면서 꼭 그걸 말로 해야 압니까? 죄가 있는 놈들은 그냥 죄를 묻고, 무력 길드나 지혜 길드같은 곳은 그냥 세무조사 때린 후에 죄목은 아무거나 만들면 됩니다.”

아무렇지도 않다는 듯 표정 하나 변하지 않으면서 말하는 안장호.

그리고 안장호의 말에 다른 사람들도 이런 일은 빈번했노라하며 눈 하나 깜빡거리지 않았다.

“역시 이래서 안 행정관이 마음에 든다니까. 일 잘해.”

“감사합니다.”

권력에 방해되는 이들이라면 어떤 방법을 써서라도 처리해온 이들에게 능력자들은 넘을 수 없는 산이었지만 이제는 그들에게 절망을 줄 차례였다.

“그럼 능력자들은 그렇게 처리하도록 하고. 아참 최수민은 어떻게 하는 게 좋을까요?”

다른 능력자들과 최수민은 아예 경우가 달랐다. 무튜브 덕분에 세계적인 한국인 스타가 되기도 했었고 최수민에게 광고를 하기 위해 대기업들이 엄청난 돈을 쥐어줬었다.

평범한 길드원들과 달리 능력이 사라졌어도 최수민은 외모 하나로라도 써먹을 곳이 무궁무진했다.

게다가 괜히 최수민을 건드렸다가 세계적인 비난을 받을지도 모르는 일이다.

거대 길드 같은 경우 세무 조사를 하다보면 웬만하면 적당한 죄를 뒤집어 씌울 수 있지만 최수민은 정작 돈을 받은 지도 얼마 되지 않아서 따로 씌울 죄목도 없었다.

"최수민은 아직 가치가 있는 놈인데 적당히 교육만 시켜서 얼굴마담으로 써먹으시죠. 한참 주가가 오르고 있는 놈이기도 하고."

"조사해보니까 최수민 그놈 별거 없었습니다. 예전에는 무슨 임상 실험 알바였던가 그런거나 하다가 살던 놈이었는데 능력자가 돼서 팔자 폈던 놈이죠. 그냥 불러다가 몇 번 겁주고 시키는 대로 하라고 하면 잘 할 겁니다."

"그래요. 뭐 어린놈이 뭘 아는 게 있겠어요? 그냥 적당히 무력 길드와 지혜 길드건을 처리하면 다음은 자기 차례라는 걸 알고 알아서 잘 처신하겠죠."

"일단 무력 길드와 지혜 길드원들의 소식까지 자세히 확인한 후에 일을 처리하도록 합시다."

청와대에 모인 사람들은 지구를 구해준 능력자들에게

감사를 하기는커녕 이제는 쓸모없어진 사람들을 처리할 생각부터 하고 있었다.

자리에 앉아 있던 사람들은 어떻게 능력자였었던 사람들을 처리할지 2시간이 넘게 이야기를 나누다가 헤어졌다.

◇

'왜지? 분명 임동호와 다른 사람들의 힘이 모두 사라지는 걸 확인했는데?'

임동호와 헤어진후 집으로 돌아가는 길. 최수민은 택시를 타기 위해 걸음을 옮기고 있었다.

그런데 아블을 죽이고 나서 느껴졌던 힘이 몸에서 여전히 느껴지고 있었다.

다른 사람들의 움직임을 집중해서 보면 슬로우 비디오를 틀어놓은 것처럼 느리게 움직이기도 하고 지나가는 차들도 느리게 보인다.

당장이라도 뛰어가면 차보다 더 빨리 다닐 수 있을 것 같은 느낌.

게다가 주변에 보이는 나무들도 한 손으로 뽑아 버릴 수도 있을 것 같고 거대한 버스도 들어 올릴 수 있을 것 같다.

론디움과 다르게 바람에서는 오염된 공기의 냄새가 나고, 주변에서 들리는 웅성거리는 소리들도 귀에 들어오고 있었고 집중을 하자.

"도와주세요!"

응? 이게 무슨 소리야?

어디선가 누군가가 도와달라고 외치고 있는 소리가 최수민의 귓속에 울려퍼졌다.

다급해보이는 여자의 목소리와 거친 남자들의 목소리.

귓 속에 울려퍼지는 소리를 향해 최수민은 조금씩 걸음을 옮기기 시작했다.

조금씩 빨라지기 시작한 걸음은 어느새 옆에서 달리고 있던 버스와 비슷한 속도까지 빨라졌다.

"소리쳐봤자 도와줄 사람 없으니까 조용히 그냥 가진 것만 내놓고 가."

"그럼 목숨은 살려줄 테니까."

사람들이 아무도 다니지 않을 것 같은 골목길.

두 명의 건장한 체구의 남자가 칼을 들고 여자 한 명을 위협하고 있었다.

"네… 네. 드릴게요… 살려만 주세요."

여자는 흐느끼는 소리를 내며 핸드백에 있던 지갑을 꺼내었다.

"휴대폰도 내놔. 신고하면 곤란해지니까."

"네…."

여자가 손을 부들부들 떨며 한 손엔 지갑, 한 손엔 휴대폰을 들고 남자들에게 건내려고 하는 순간, 두 남자 뒤에서 엄청나게 강한 바람이 불어왔다.

"뭐야? 갑자기 왠 바람이야?"

남자들이 갑자기 불어오는 바람에 뒤를 돌아보았다가 다시 여자를 보자 그 옆엔 파란 머리를 하고 있는 남자가 서 있었다.

"뭐… 뭐야? 누구야?"

"갑자기 어디서 나타난 거야?"

갑자기 나타난 남자의 등장.

당황한 두 남자는 손에 들고 있던 칼을 최수민에게 겨누며 뒷걸음질 치기 시작했다.

"괜찮아요?"

그런 남자들을 가볍게 무시하며 여자에게 물어보는 최수민.

"아… 아직까지는 괜찮아요."

"야 저놈 최수민 아니야? 무튜브에 돌아다니던 그 최수민?"

"어. 맞는 것 같은데?"

여자의 대답을 듣고 뒤를 돌아본 최수민의 얼굴을 보자 남자들이 당황하기 시작했다.

몬스터들을 장난감 가지고 노는 것처럼 가지고 놀았던 동영상의 주인공.

게다가 거대한 최수민의 덩치와 최수민의 눈에서 느껴지는 위압감이 그들의 몸을 눌렀다.

“다… 당황하지 마. 분명 아까 뉴스 속보로 능력자들이 모든 능력을 다 잃었다고 떴어.”

“저… 저놈도 힘을 다 잃어버린 것 맞겠지?”

분명 뉴스 속보에서는 모든 능력자들이 힘을 다 잃었다고 했는데. 그런데 눈앞에 있는 최수민에게 느껴지는 기운은 힘을 잃기는커녕 힘이 넘쳐보였다.

“뭐 여자분께서 아직 괜찮다고 하시니 그대로 가셔도 상관은 없습니다만. 그 칼을 들고 덤벼도 상관 없을 것 같네요.”

남자들이 들고 있는 날카로운 칼들이 마치 장난감처럼 보인다.

게다가 남자들의 숨소리, 근육의 미세한 움직임까지 보이는 것 같은 느낌.

“이런 건방진 자식이 뭐? 도망?”

최수민의 도발에 두 남자들 중 하나가 칼을 들고 최수민을 향해 다가왔다.

아무리 최수민에게서 느껴지는 위압감이 상당하지만 자신들의 손에는 칼이라는 살인이 가능한 무기가 쥐어져있다.

처음부터 사람을 죽일 생각은 없었지만 최수민의 도발을 듣고 나자 다리 정도는 찔러도 괜찮을 것 같았다.

‘칼을 무서워하기는커녕 들고 덤벼도 괜찮아? 어디 한 번 찔리고 나서도 괜찮은지 보자.’

어느새 칼을 달고 있는 남자가 최수민의 눈 앞까지 다가 왔고 최수민의 다리를 향해 칼을 내질렀다.

휘이익.

남자는 최대한 빠르게 검을 내질렀지만 최수민의 눈에는 정지된 화면으로밖에 보이지 않았다.

'뭐야? 왜 이렇게 느려? 덩치가 커서 느린 건가?'

최근들어 상급 마족, 김진수, 아블 등 가장 강한 상대들 만을 상대해온 최수민에게 일반인의 공격은 너무 느려서 차마 쳐다보고 있을 수가 없을 정도였다.

이 정도 공격은 튜토리얼 지역에서 나오는 고블린도 가만히 서서 맞아주기 힘들지 않을까?

느려터진 공격에 반격을 시도하려던 최수민은 내지르던 팔을 다시 뒤로 뺐다.

'만약 진짜 내 힘이 옛날이랑 같다면 지금 내가 이놈을 공격했다간 순식간에 살인자가 되겠지?'

이제는 더 이상 능력자들의 세계가 아니라 일반인들의 세상에 순응하며 살아가야 했다.

최수민은 주먹을 날리는대신 오른쪽 발로 땅을 세게 내 딛었다.

콰지직.

아스팔트로 만들어진 바닥이 바다가 양쪽으로 갈라지는 것처럼 양쪽으로 갈라지기 시작했고, 칼을 내지르던 남자가 균형을 잃고 바닥으로 넘어졌다.

"아. 죄송하게도 제 힘이 아직 남아있나봐요. 험한 꼴보기 싫으면 이쯤에서 그냥 가는 게 좋을 것 같네요."

직접 주먹을 맞는 것보다 더 확실한 경고.

땅이 갈라지는 것을 본 남자는 자리에서 일어나자마자 일행을 데리고 자리에서 사라졌다.

"감사합니다!"

"그런데 여기가 어디죠?"

여자가 감사인사를 하며 알려준 위치는 최수민이 소리를 들었던 곳에서 1km가 넘게 떨어진 곳이었다.

'진짜 내 능력이 사라지지 않았구나. 왜 나만?'

길을 걸어가는 길에 최수민은 땅에 떨어져 있던 벽돌을 집어 들었다.

빠지직.

그리고 최수민이 벽돌을 집어든 손에 힘을 주는순간 손 안에 처음부터 모래가 있었던 것처럼 빨간 모래가 흩날렸다.

'확실해. 마법도 사용할 수 있는 걸까?'

최수민이 캐스팅을 마친 순간 최수민은 순식간에 집 안으로 이동했다.

◇

"아마 그건 니가 진짜 드래곤이 되어서 그런 걸 거야."

레나에게 아블을 죽인 이야기와 그 이후에 겪었던 일을 이야기하자 레나는 간단하게 답을 내려주었다.

"진짜 드래곤이 되어서라구요? 하지만 다른 사람들도 거기서 각자의 직업이 있었는데 왜 저만?"

최수민이 론디움에서 가졌던 직업은 잡종능력자에서 잡종 드래곤으로 변화했었다.

물론 임동호나 다른 사람들도 검사나 마법사같은 직업을 가지고 있었겠지.

"그 사람들이 론디움에서 가졌던 능력을 뺀 본질은 인간이잖아? 넌 멜로스에게 진짜 드래곤 하트를 받았고 더 이상 인간이 아니라 진짜 드래곤이 너의 본질이 된 거지."

"그건 그렇다치고 론디움에서 얻었던 많은 힘들중에 대부분이 그대로 느껴지는데요? 드래곤이라는게 이렇게 강한 건가요?"

"아마도… 여해의 기운은 원래 론디움에 속하지 않았던 힘이라서 그럴거고 랭크셔 제국의 힘도 지금의 론디움이 존재하기 전부터 있었던 힘이라서 그럴 거야."

레나에게 자신의 힘에 대한 설명을 들은 후 오랜만에 제대로된 휴식을 취하러갔다.

이제껏 제대로된 휴식을 거의 취하지 못했었던 최수민에게 5일이란 시간은 아주 달콤한 시간이었고, 5일이 지난 후 누군가가 최수민을 찾아왔다.

"최수민씨 계세요? 청와대에서 나왔습니다."

청와대에서? 무슨 일이지? 아직도 나한테 볼일이 남아있었나?

문을 열자 안장호가 10명이 넘는 양복을 입은 건장한 체구의 남자들이 최수민의 집안으로 들어왔다.

"무슨 일이신데요?"

문을 열어주자마자 자기집인양 들어오는 남자들.

그것만으로도 기분이 나빠지는데 갑자기 남자들중 두 명이 최수민의 양쪽 팔을 거칠게 휘어잡았다.

"좀 따라와줘야겠어. 얌전히 따라오면 다치는 일은 없을 거야."

뭐야? 이 상황은?

뭔가 협박을 하려고 하는 분위기 같은데 이거 사람을 잘못 찾아왔나?

"혹시 사람을 잘못 찾아오신 거 아니죠?"

"닥치고 따라와. 얌전히 따라오면 아무 일도 없을 테니까."

안장호의 말이 끝나자 최수민의 양 팔을 잡고 있던 남자들이 최수민을 끌고 가기 위해 힘을 주었다.

"어? 왜 이래?"

그러나 양쪽 팔에 준 힘이 무색하게도 최수민은 그 자리에서 전혀 움직이지 않았다.

"그렇게 가고 싶으면 가세요."

최수민이 양쪽 팔을 들어 팔을 앞으로 뻗자 최수민의 팔을 잡고 있던 두 명의 남자가 동시에 안장호를 향해 날아가더니 안장호를 깔아뭉갰다.

"이거 얌전히 따라가기는 틀린 것 같고. 이유나 좀 들어봅시다."

◇

'이게 무슨 일이야? 분명 능력자들이 힘을 다 잃었다고 했는데?'

남자 두 명에게 깔려있던 안장호가 남자들을 치우며 최수민을 바라보다가 최수민을 둘러싸고 있는 남자들을 보며 소리쳤다.

"뭐해? 10명이서 저 놈 하나 못 상대해? 이제 능력자도 아닌 놈을 상대로 밥값은 해야될 거 아냐!"

안장호와 사람들은 최수민이 능력자가 아니라도 엄청난 힘을 가지고 있다는 것을 몰랐기에 아직까지도 상황파악을 하지 못하고 있었다.

안장호의 명령이 떨어지자마자 최수민을 둘러싸고 있던 남자들이 한발자국씩 더 가까이 다가오기 시작했다.

그러나 최수민이 두 사람을 가볍게 날려버리는 모습을 보았기에 누구 하나 먼저 다가가려고 하는 사람은 없었다.

"만약 내가 너희들이었다면 아마 오늘 일은 아무 것도

없었던 걸로 하고 돌아갔을 거야. 자존심도 구기지 않고, 몸도 성하게."

그렇게 최수민과 남자들이 대치만 하고 있던 중 레나가 방 안에서 나오며 말을 꺼내었다.

"저 여자도 여기서 같이 살고 있었던 건가? 뭐 해? 저 년이라도 잡아!"

"나랑 다르게 자비가 없을 텐데? 그냥 여기 있는 게 나을걸?"

안장호의 명령에 남자들이 움직이려던 찰나 최수민의 목소리가 들리자 남자들은 고민에 빠졌다.

갑자기 무시무시한 기운이 느껴지는 최수민에게서 시선을 돌려 레나를 보았지만 레나에게서도 만만치않은 기운이 느껴지고 있었다.

마치 먹잇감을 앞에 두고 사냥을 앞둔 맹수와 같은 기운.

능력자조차 되어본 적이 없었던 그들에게 아예 처음 느껴보는 기운이었기에 절로 레나의 시선을 회피하며 그들은 안장호와 눈을 맞추었다.

말은 없었지만 그들의 눈빛에서는 당장 이곳을 떠나야 한다는 것이 쓰여져 있었다.

"이런 쓸모 없는 놈들 같으니라고. 10명이서 2명을 상대로 그것도 하나는 여잔데 그거 하나 못해?"

단지 행정업무만 보던 안장호였기에 남자들이 느끼고

있는 위기감을 전혀 느끼지 못한 안장호만이 유일하게 계속해서 큰소리를 치고 있었다.

"왜요? 직접 와서 한 번 잡아가보시지? 그건 좀 겁나나?"

"이… 건방진 놈. 내가 지금 누구의 명령으로 여기 온 것 같아? 뒷감당을 할 수 있을 것 같아?"

어디서 많이 보던 패턴인데? 이거 론디움에 있을 때 거대 길드를 등에 업고 있는 놈들이 하는 말이잖아.

저 놈의 개인적인 볼 일은 아닌 것 같고 대체 누가 배후에 있는 거지?

"그럼 그 사람보고 직접 오라고 하세요. 잘 쉬고 있는 사람 집에 들어와서 행패를 부린 것도 용서될 정도로 높은 사람인가?"

최수민의 말에 안장호는 화가 머리끝까지 차올랐지만 할 수 있는 일은 없었다.

"마지막으로 경고하지. 지금이라도 얌전히 날 따라오지 않으면 지금 따라오지 않은 걸 후회하게 될 거다!"

"저도 마지막으로 경고하죠. 지금 당장 여기서 안 나가면 걸어서는 못 나갈 줄 아세요."

갑자기 자신에게 쏟아지는 엄청난 압박감에 안장호는 최수민과 더 이상 눈조차 마주치지 못했고 함께온 남자들과 함께 후다닥 집에서 나가버렸다.

"뭐지? 청와대에서 왔다길래 뭔가 수고했다고 훈장같은 거라도 주는 줄 알았더니."

하긴 줬으면 진작에 줬겠지. 벌써 5일이나 지났는데.

"뭐야 쟤네들은?"

"저도 잘 모르겠어요. 그러고 보니까 왜 왔는지도 알려주지도 않고 자기네들 할 말만 하고 떠나갔네."

대낮부터 찾아온 불청객들 때문에 기분이 상당히 나빠진 가운데 레나가 소파에 앉아서 텔레비전을 틀었다.

"어? 이것좀 봐봐. 텔레비전에 임동호가 나오는데?"

텔레비전을 켜자마자 화면에 원샷으로 잡히고 있는 임동호의 얼굴.

임동호의 얼굴이 점점 작아지면서 양 옆에 임동호의 팔을 붙잡고 있는 양복을 입고있는 사람들의 모습이 들어온다.

그리고 임동호의 뒤를 따라가고 있는 무력 길드원들.

그들도 마찬가지로 양복을 입고 있는 사람들이 팔을 구속한 채 어디론가 끌려가고 있었다.

"뭐지?"

텔레비전 상단을 자세히 살펴보니 왼쪽 구석에 무력 길드장 임동호 외 120명이 구속을 당했다는 작은 글씨가 보였다.

"무슨 소리야? 갑자기 왜?"

최수민이 마지막까지 보았었던 임동호는 법이 없어도 살아갈 수 있을 듯한 사람이었다.

그런 사람이 왜? 왜 갑자기 구속을 당한다는 거지?

의문은 곧 해소되었다.

화면 밑에 임동호 외 120명이 국가 보안법을 위반했다는 혐의로 구속수사를 당한다는 자막이 생겼다.

이게 무슨 개소리야? 나라를 지켜주고 지구를 지켜줬더니 국가 보안법을 위반해?

이제야 방금 전에 집에 찾아왔었던 안장호와 남자들의 목적이 무엇인지 알 것 같았다.

론디움이 사라지고 몬스터가 사라진 지금 능력자들은 권력층에게 있어서 눈에 가시겠지.

아니 눈에 가시였는데 능력자들의 힘이 사라진 지금에 와서야 처리를 하려는 거겠지.

확실하지는 않지만 아마 다음 대통령 선거에 임동호나 최수민이 나가도 대통령으로 당선이 될 수 있을 정도로 인기가 높은 상황.

그런 상황에서 권력자들이 싹을 자르려고 하는 것은 당연한 것일지도 몰랐다.

"여해가 말했던 그대로네. 여기는 수백 년이 지나도 그대로구나."

레나가 텔레비전을 보던 중 말을 꺼내었다. 이순신 장군이 왜나라와의 전쟁이 끝나면 토사구팽을 당할 것을 알고 죽으려고 생각을 했었지.

그건 그렇고 대우는 못해줄망정 엿을 줘? 이대로 앉아서 이걸 보고만 있을 순 없지. 어차피 경고를 하고 갔으니 다시 날 잡으러 올 테지.

차라리 내가 직접 간다.

“레나. 저 지금 저기로 갈건데 같이 갈래요? 아니면 제 얼굴이 텔레비전에 나오는 걸 보고 있을래요?”

“같이 가. 나도 같이 나오고 좋겠네.”

능력자들이 능력을 잃자마자 일망타진 하려는 속셈인가 본데 상대를 잘못 골랐다.

최수민과 레나는 텔레비전을 끄고 임동호와 사람들이 텔레비전에 나오고 있던 장소로 곧바로 이동했다.

◇

“뭐라고? 최수민을 그대로 두고와? 10명을 데리고 가서 그게 말이나 되는 소리야!?”

“죄송합니다. 그런데 정말 그 놈한테서 느껴지는 기운이….”

“그걸 말이라고 해? 지금 내가 화내는 건 뭐 개가 짖는 거고? 이 자식이 오냐오냐했더니!”

쨍그랑.

청와대로 돌아온 안장호의 머리 옆으로 재떨이가 스쳐지나갔고 재떨이는 벽에 부딪히며 깨진 후 바닥으로 떨어졌다.

“정말 죄송합니다. 아무래도 애들이 겁을 먹은 것 같은데 능력자가 되었던 놈들로 다시 붙여주시면 제가 확실히….”

"그걸 말이라고 해? 당장 출발해!"

"네! 알겠습니다!"

안장호가 겁에 질린 얼굴로 문을 열고 나가자 다른 사람이 방으로 들어왔다.

"저… 그것보다 더 중요한 소식이 지금 전해졌습니다."

아직까지 분을 삭히지 못하고 있는 대통령이 담배를 한 모금 들이마시며 대답했다.

"뭐야? 더 중요한 일도 있었어?"

화가난 대통령의 태도에 안절부절하지 못하던 여자는 간신히 입을 열었다.

"지금 임동호가 있는 곳에 최수민이 나타났다고 합니다. 그 여자와 함께요."

"최수민이 그 곳에 나타났다고? 왜 제발로 거길 나타나? 따라오라고 할 때는 안 오더니 이상한 놈이군."

갑자기 대통령의 입에 미소가 생겨났다. 제 발로 호랑이 굴로 굴러들어오다니? 대체 무슨 생각인 거지?

그래도 이제 힘을 다 잃은 놈이니 호랑이 굴에 들어왔으면 정신을 차리는게 아니라 물려 죽는 수밖에.

"지금 당장 나가서 안장호에게 말 해. 최수민 집이 아니라고."

"네. 알겠습니다."

'무슨 속셈인지는 몰라도 거기서 할 수 있는 일은 아무것도 없을 거다.'

최수민의 상황에 대해 아무것도 모르는 대통령의 미소는 점점 짙어져갔다.

◇

"뭐야? 여기가 개나소나 들어오는 곳인지 알아? 당장 나가!"

최수민과 레나가 대검찰청 앞에 도착하자 검찰청 앞을 지키고 있던 양복을 입은 남자들이 길을 막기 시작했다.

"아 그럼 무력 길드원들이랑 지혜 길드원이 개나 소는 아니라는 소리네. 듣던 중 다행이군."

"아니 지금 이게 말 장난 하자는 걸로 보여? 당장 여기서 꺼져. 아직까지 자기가 능력자인줄 알고 있어."

"능력자면 통과시켜줬을 것처럼 말하네요?"

최수민의 말에 양복을 입은 남자들이 가소롭다는 듯한 표정으로 최수민을 바라보았다.

"이 새끼. 무튜브에서 스타가 되더니 아직까지 잠을 덜 깼나. 어디 한 번 해봐."

가소롭다는 듯 웃고 있는 사람들 앞에서 최수민이 건물을 지탱하고 있는 기둥 중 하나에 손을 올렸다.

그리고 기둥에 올린 손에 힘을 주자 기둥에 최수민의 손자국이 생기기 시작하더니 순식간에 기둥 사이에 최수민의 주먹만한 구멍이 생겼다.

후두둑.

그리고 최수민의 손에서는 기둥에 있었던 콘크리트들이 가루가 되어 흩날렸다.

“이 건물을 설탕으로 만든 게 아니라면 방금 내가 한 걸 보면 믿을 수 있겠지?”

가소롭게 쳐다보고 있던 사람들의 얼굴에는 이미 핏기가 사라진지 오래였다.

사람이 아닌 다른 존재를 쳐다보고 있는 듯한 그들의 눈빛속에서는 공포감이 잔뜩 느껴지고 있었다.

“저 지금 청와대에서 전화가 왔는데. 최수민 들여보내서 기다리게 하랍니다.”

뒤에서 누군가의 목소리가 들리자 사람들은 기다렸다는 듯이 길을 열었고 최수민과 레나는 임동호를 만나러 갈 수 있었다.

“무슨 일이에요? 이렇게 구속까지 될 정도로 잘못 하신 거에요?”

듣지 않아도 대충 사정은 알 수 있었지만 최수민은 임동호에게 예의상 질문을 던졌다.

“다 아는 얼굴인데? 뭐 우리가 이제 쓸모 없어졌다 이거지. 왜 혼자 안오나 했더니 늦었군.”

잡혀들어온 입장에서도 임동호는 농담을 던지는 것을 잊지 않았다.

“아무리 쓸모 없어졌다고 해도 없는 죄를 뒤집어 씌워서 이렇게 잡아오는 건 아니죠. 제가 해결할게요."

"해결은 무슨. 너도 여기 잡혀온 입장 아니야?"

아직까지 임동호는 최수민이 힘을 전혀 잃지 않았다는 것을 모르기에 최수민의 말을 그냥 흘려들었다.

"잡혀들어오긴요. 잠깐만 기다려봐요. 곧 풀려나게 해드릴 테니까."

최수민과 레나는 아예 방안이 자기집인 것처럼 편안하게 앉아서 이곳에 올 누군가를 기다리기 시작했다.

그리고 얼마 지나지 않아 최수민과 레나가 있는 방의 문이 열렸다.

"아이고. 아까 그 사람이 올 줄 알았는데 직접 오라고 했더니 대통령이 직접 오셨네요? 무슨 볼일이었는지 이제 좀 물어볼 수 있겠네."

얼마전까지만 해도 청와대에서 미소를 띄고 있던 사람이라는게 믿기지 않을 정도로 대통령의 표정은 굳어있었다.

"뭐하세요? 앉으시죠."

그러면서 최수민은 대통령에게 악수를 청했다.

그러자 대통령은 기겁하며 뒤로 손을 빼며 뒤로 한 걸음 물러섰다.

"오… 오지 말고 거기서 앉아서 이야기 하지."

최수민이 건물 입구에 해놓은 것을 두 눈으로 직접 보고 왔기에 대통령은 최수민의 손을 잡는 것을 극도로 꺼렸다.

자신의 손이 그렇게 되지 않으리라는 보장이 없었으니까. 지금도 자신의 손이 가루가 되어서 흩날리는 듯한 환상이 보이기도 했다.

"해치지 않을 테니 악수정도는 괜찮지 않아요? 뭐 마음만 먹으면 제가 손만 어떻게 하겠어요?"

험한 말을 하지는 않았지만 그 무엇보다 강력한 협박이었기에 대통령은 어쩔 수 없이 최수민과 손을 맞잡았다.

부들부들 떨리는 손.

그리고 최수민과 손을 맞잡은 후 손을 뗄 동안 아무런 일도 생기지 않자 대통령은 나름 안심을 하기 시작했다.

'일단 어떻게든 구워삶기만 하면 된다. 아무리 강하다고 해도 이런 무식한 놈이 나를 상대할 수 있을 리가 없지.'

몸은 떨리고 있었으나 그래도 자신은 한 나라의 대통령이었다.

수 많은 사람들을 만나왔고 수 많은 사람들을 상대해왔다. 그러나 최수민은 그 수많은 사람들 중에서도 힘만 강한 한 마디로 무식한 놈이라고 밖에 표현할 수 밖에 없었다.

그리고 대통령이 대화를 시도하려는 순간.

"아이고. 많이도 해드셨네. 대선자금부터 시작해서 땅투기에 뭐 이것저것 안 하신 게 없어요? 저기 뒤에 계신분들은 아주 애교수준인데요?"

최수민은 뒤에 있는 임동호와 사람들을 가리키며 이야기를 꺼냈다.

"그… 그게 무슨 소리야? 무슨 얼토당토 안한 소리를!"

당황하기 시작하는 대통령. 그리고 최수민의 말이 계속 이어졌다.

"뭐 모른척 하셔도 상관은 없습니다만. 제가 이 정보들을 말하게 되면 어떤 일이 벌어질지는 모르겠네요?"

최수민의 입에서 대통령의 기억에서 보았던 대통령의 각종 비리들이 줄줄 새어나왔다.

작은 것에서부터 절대로 알려지면 안 될 정보들까지. 게다가 최수민의 말들은 모두가 구체적인 정보를 담고 있었다.

"그… 그걸 어떻게? 아니 그걸 말한다고 누가 믿어줄 것 같아?"

"뭐 원하신다면 제가 증거자료 같은 것도 다 찾아드릴 수도 있구요. 제가 보기에는 무식해보여도 우리나라가 아니라 미국의 기밀까지도 모두 다 알고 있거든요. 뭐 일만 잘 해결되면 저는 이것들을 말하고 다닐 생각은 추호도 없습니다. 물론 잘! 해결 되면 말이에요 하하."

대통령의 기억. 그리고 여해가 티어린 제국에서 했었던 정치적 감각이 최수민이 대통령을 협박하는 것을 도왔고 대통령의 표정은 시간이 지날수록 굳어만 가고 있었다.

"대통령까지 하시고 계시는 분께 제가 더 설명은 안해도 될거라고 믿습니다. 저 뒤에 계신분들은 곧 자유의 몸이 될거라고 믿고 전 가보겠습니다."

자리에서 일어나며 대통령의 어깨를 툭툭치고 밖으로 나가려고하는 최수민을 경호원들이 막아섰다.

"뭐하세요? 저 그냥 계속 여기 서 있을까요?"

최수민은 아예 대통령을 바라보지도 않았다. 단지 경호원들을 바라보며 말을 꺼내기만 했을 뿐.

"내보내 줘. 그리고 여기 있는 사람들도 당장 다 내보내고."

"하지만…."

"내 말 안들려!? 당장 최수민을 가게 놔두고, 임동호랑 무력 길드 사람들도 다 수습해서 내 보내!"

대통령은 손톱이 손바닥에 박힐 정도로 주먹을 꽉쥐고 있었지만 할 수 있는 것은 아무 것도 없었다.

그런 대통령을 두고 최수민과 레나는 유유히 건물 밖으로 빠져나갔다.

◇

"대단한데? 최수민. 이런 능력까지 가지고 있을 줄은 정말 몰랐는걸?"

"덕분에 무사히 풀려났네요. 감사합니다."

다음날 대통령의 빠른 조치로 임동호를 비롯한 무력 길드원들과 배재준과 지혜 길드원들은 아무일도 없었다는 듯이 자유의 몸이 되었다.

물론 그 과정에서 여론과 언론들이 엄청나게 시끄러웠지만 적당히 다른 사건 몇 개를 터뜨려주니 절로 관심은 사그라 들었다.

그리고 조만간 한국을 구해준 무력 길드원과 지혜 길드원들에 대한 포상을 잊지 않겠다는 말도 덧붙였다.

일의 순서가 잘못 되어도 상당히 잘못 되었지만 결과론적으로는 해피 엔딩이 된 셈.

"론디움도 지옥같았지만 한국은 원래 지옥이었잖아요. 이 정도는 해줘야 한국에서 살아갈만하죠."

"그랬지. 한국이 그렇게 살기 쉬운 나라가 아니었지. 그건 그렇고 앞으로는 뭐하고 살 거야?"

진짜 앞으로 뭐하고 살지?

이제까지의 삶과 지금의 삶은 너무나 많은 게 바뀌었다.

더 이상 돈 때문에 전전긍긍하며 살아갈 필요도 없었고 솔직히 지금 가지고 있는 능력이면 못할 게 없을 것 같다.

단지 직업이란 적당한 구색맞추기가 되겠지.

생각해보면 드래곤이 되었으니 이제 평범한 사람들과 다른 시간을 살아가야 한다.

남은 수십 년이 아니라 남은 수백, 수천 년을.

그나마 다행인 점은 혼자가 아니라 옆에 같은 드래곤인 레나가 있다는 점.

그 오랜 시간을 어떻게 살아가야 할지 도저히 당장은 답이 나올 것 같지가 않아 최수민이 임동호에게 되물어보았다.

“잘 모르겠어요. 길드장님은 어떻게 할 계획이에요?”

“길드장은 무슨. 이제 더 이상 능력자도 아니고 무력 길드도 이름 뿐인 건데 그냥 형이라고 불러.”

형이라고 부르라고 한 임동호도 최수민처럼 당장은 무슨 계획이 없었다.

거의 5년이 되도록 론디움에서 능력자로 살아왔고 그 과정에서 엄청나게 많은 돈을 모아뒀으니 급하게 결정할 문제가 아니었기에 천천히 생각을 해본다고 했다.

“그럼 앞으로 종종 연락해. 론디움에서 있었던 일을 안주 삼아서 술이라도 한 잔씩 해야지.”

임동호의 말을 마지막으로 최수민과 레나는 집으로 돌아왔고 평생 오지 않을 것 같았던 평화로운 날들이 계속 지속되었다.

최수민은 평화로운 나날이 지속되는 동안 새로운 일을 찾기 위해 여러 가지 일에 몰두해보았다.

몸을 활용하여 하는 운동류의 경우에는 너무나도 쉬워서 흥미조차 생기지 않았고, 예술 작품 같은 경우에는 워낙 관심이 없었었기에 전혀 흥미가 생기지 않았다.

그 외에도 많은 것들을 해보았지만 별다른 흥미로운 것을 찾지 못하고 있을 때 레나가 해답을 알려주었다.

“왜 꼭 무언가 하려고 그래? 시간이 없는 것도 아니고. 심심해서 그런거면 여행을 떠나.”

그래. 생각해보니 시간이 없는 것도 아니고 돈이 없는

것도 아니다. 여행을 하다가 무언가 하고 싶어지면 그 때 해도 늦지 않겠지.

그 생각이 든 최수민은 바로 레나와 함께 런던으로 가는 비행기표를 끊었다.

◇

최수민과 레나가 영국에 온지도 어언 한달. 시간과 돈에 얽매이지 않은 채로 하는 여행이라 한달이 넘도록 아예 런던에 눌러 앉은 채 살고 있었다.

"오늘은 어떻게 할 거야? 나갈 거야? 아니면 집에 있을 거야?"

침대에 누워있는 최수민을 보고 레나가 먼저 말을 꺼내었다.

말만 들으면 영국 런던까지나 와서 침대에서 뒹굴거리고만 있는 것 같았지만 런던에 도착하는 순간부터 최수민은 귀빈대접을 받았다.

영국 왕가의 초대를 받아 버킹엄 궁전에도 들어가고 런던 내에서 사교계의 초대를 받아 이곳저곳 가보지 않은 곳이 없었다.

처음에는 귀찮기도 했지만 레나의 말로는 이런 것들도 기회가 있을 때 해야한다고 한다.

나중에 시간이 지나면 이런 걸 하고 싶어도 초대조차

받지 못하는 때가 온다고. 물론 그 시간이 몇 백 년이라는 어마어마한 시간이라는 게 문제였지만.

"음. 생각 좀 해보구요."

침대에 누워서 뒹굴 거리고 있던 최수민의 스마트폰에서 벨소리가 요란하게 울리기 시작했다.

"누구야? 아침부터?"

"모르는 번호인데요. 한국에서? 무슨 일이지?"

오랜만에 오는 한국에서 오는 전화에 최수민이 전화를 받자 전화기 너머에서 익숙한 목소리가 들려왔다.

"최수민?"

"네. 말씀하세요."

"지금 당장 한국으로 와주게. 비행기를 대기시킬 테니까 당장 말이야."

전화기 너머에서는 엄청나게 급박한 목소리가 느껴졌다. 전화를 건 사람의 얼굴은 보이지 않았어도 상대방의 다급한 얼굴이 눈에 보이는 것 같았다.

"무슨 일이시길래 그러세요?"

오라면 오고, 가라면 가는 자기집 강아지도 아니고.

"몬스터… 몬스터가 나타났어! 한국에 말이야!"

"뭐라구요? 몬스터? 제가 잘못 들은 거 아니죠?"

갑자기 몬스터라니? 분명 론디움이 사라지면서 몬스터들이 모두 다 사라졌을 텐데?

마계와의 균열은 아블과의 싸움에서 모두 다 파괴했고.

"못 믿겠으면 동영상을 보낼 테니 오는 길에 확인해봐. 지금 너 말고는 몬스터를 막을 사람이 없으니 당장 와야 해!"

진짜 몬스터가 나온게 확실하다면 그게 어떤 몬스터라도 심각한 상황이다.

최수민말고는 아무도 몬스터를 막아낼 수 있는 사람이 없었으니까.

최수민이 전화를 끊고 동영상을 확인하려고 하자 레나가 물어왔다.

"누구야?"

"대통령이요. 한국에 몬스터가 나타났대요."

레나에게 대답을 해준 후 대통령이 보내온 동영상을 틀자 동영상 속에서는 수많은 몬스터들이 나와서 광주를 파괴하고 있었다.

작게는 트롤부터 크게는 트윈 헤드 오우거까지.

그리고 중간 중간 마족으로 보이는 녀석들도 가끔씩 보였다.

군대가 각종 무기를 들고 몬스터들을 소탕하기 위해 출동했지만 마족들을 상대하기는 무리였다.

"당장 가야겠네. 가자."

"잠시만요. 여권만 좀 챙기고."

"안 챙겨도 돼. 한국은 이때까지 살던 곳이니까 그냥 텔레포트로 이동하면 돼."

레나는 최수민의 손을 잡더니 멀리 있는 한국의 위치를 찾기 위해 애를 먹었으나 곧 최수민과 함께 서울로 이동했다.

◇

"어떻게 된 거에요? 갑자기 몬스터라니? 분명 한 달이 넘도록 아무 일도 없었잖아요."

서울에 돌아온 최수민은 다시 한 번 청와대에서 대통령을 만나고 있었다.

이제는 청와대가 자신의 집처럼 편하게 느껴질 정도.

그리고 최수민 옆에는 이제는 힘을 잃어 아무런 능력도 없는 임동호가 앉아있었다.

"몬스터들이 등장하자마자 알리긴 했는데 자세한 정보는 아직 잘 몰라. 광주에서 시작되었다는 것 밖에."

"군에서 파악한 바로는 몬스터가 처음 발견이 된 것은 2시간 전이라고 하네. 처음에는 오우거가 나타났는데 그 이후에 급속도로 몬스터들이 쏟아져 나오기 시작했다고 하더군."

대체 몬스터가 어디서 나온 거지?

아무리 생각해도 몬스터들이 나올 구석이 없었다. 분명 테네에 있었던 신관의 말대로 모든 조치를 마친 후에 아블을 잡으러 갔으니까.

분명 그걸 제대로 확인했으니 아블을 잡을 수 있었지. 론디움 최후의 날 진행 과정에서 잘못된 일은 없었다.

그렇다면 뭔가 놓친게 있다는 소리인데.

"그래서 문득 갑자기 생각이 든 게 있는데."

임동호의 말에 대통령과 최수민의 시선이 임동호를 향했다.

"분명 마지막 싸움이 시작되기 전 몬스터를 끌고 왔었던 이규혁을 놓쳤었잖아? 그리고 그 놈은 아블을 처리할 때까지 우리 앞에 나타나지 않았었지."

이규혁 이야기가 나오자 갑자기 모든 상황이 한 번에 이해가 되기 시작했다.

그래. 그랬었지.

무슨 영문인지는 몰라도 몬스터들을 강화시키고 있던 장소에서 무언가를 만진 이후 변해버린 이규혁.

"그렇다면 이규혁은 높은 확률로 광주에 있겠네요."

"그래. 내 생각은 그래. 이규혁도 너처럼 힘을 잃지 않았을 수도 있고. 그것 때문에 몬스터들이 나타나는 거겠지."

이규혁도 론디움이 사라진 이후로 지구로 돌아왔을테고 이규혁도 힘을 잃지 않았을 가능성을 배제할 수가 없었다.

"그것보다 궁금한 건 왜 한달이라는 시간이 있었는데 이때까지는 아무 일도 없다가 이제야 이런 일이 생긴 걸까요?"

"그거야 가보면 알겠지."

"일단 한시가 급하니 빨리 움직이게. 지금은 광주지만 시간을 지체하면 광주가 아니라 다른 지방까지 퍼질지도 몰라."

대통령의 요청에 최수민과 레나는 바로 광주로 향하기 시작했다.

대통령은 임동호가 몬스터들을 잡았던 경험을 살려서 군인들을 지휘하며 최수민을 돕는 것을 요청했지만 오히려 최수민이 반대했다.

"냉정하게 말하자면 지금 저와 레나말고는 아무도 도움이 안돼요. 제가 도착하기 전에 미리 시민들을 대피시키기나 해주세요."

임동호가 아무리 강했어도, 아무리 몬스터들을 잡은 경험이 많아도 결국 지금은 평범한 인간일 뿐이다.

고래 싸움에 새우등이 터진다는데 지금의 임동호는 새우도 아니고 플랑크톤에 불과했다.

게다가 상대가 이규혁인 만큼 임동호가 괜히 따라갔다가 인질이 될지도 모른다는 생각에 최수민은 레나와 단 둘이서 광주로 떠나갔다.

◇

뒤에서는 몬스터들이 쫓아오고 앞에서는 총탄이 쏟아진다.

"어서 움직이세요!"

앞에서 쏟아지는 총탄들은 몬스터들을 향한 것이었지만 가끔씩 눈먼 총탄들이 자신들을 향하기도 했기에 시민들은 겁먹은채 달릴 수 밖에 없었다.

차도는 이미 막힌지 오래라 사람들은 자동차들을 버리고 군인들이 있는 쪽으로 뛰어가고 있었다.

콰아앙!

군인들을 향해 뛰어가고 있던 사람들 사이로 검은색 자동차 한 대가 날아왔다.

"으악. 깜짝이야!"

"놀랄 시간도 없어! 빨리 뛰어와!"

한 번 자동차가 날아오자 여러대의 자동차들이 날아오는 건 일도 아니었다.

오우거들은 자동차들이 길바닥에 돌아다니는 돌멩이라도 되는 듯 자동차를 양손으로 잡고 계속해서 던졌고, 그 때문에 자동차에 깔려죽는 군인들도 생겼다.

"젠장. 이제 능력자들도 없는데 진짜 지구 종말인가?"

오우거를 조준하며 총을 쏘고 있던 군인들의 머리 위로 또 한 대의 자동차가 던져졌다.

"피해!"

군인들이 자리에서 일어나 자동차를 피하려고 보니 어느새 수십 대의 자동차가 하늘을 가리고 있었다.

절망적인 눈으로 하늘을 보고 있던 군인들.

그리고 그들에게 자동차들이 쏟아지려는 순간 자동차들이 동시에 하늘에서 폭발했다.

"이제 제가 맡을 테니 다들 도망가세요. 여기 있다간 휘말립니다."

자동차가 폭발함과 동시에 뒤에서 들려오는 한 남자의 목소리.

뒤를 돌아보자 그 곳에서 최수민과 레나가 빠른 속도로 달려오고 있었다.

달려오는 그들의 손에서 나가고 있는 빨간 빛과 파란 빛이 허공을 수놓았고, 빨간 빛에 닿은 트롤의 몸은 순식간에 불에 타오르더니 잿더미가 되었고, 파란 빛에 닿은 오우거의 몸은 순식간에 얼음 속에 갇혀버렸다.

마법을 사용해서 몬스터들을 공격하는 두 사람은 한 번의 점프로 피신하고 있는 시민들을 뛰어넘은 후 몬스터들을 공격하기 시작했다.

서걱.

푸욱.

다른 사람들의 눈에는 단지 최수민이 빠른 속도로 어딘가로 뛰어가는 것으로만 보였지만 최수민이 지나간 자리에는 몬스터들의 시체가 쌓여가기 시작했다.

대부분의 몬스터들은 심장부에 검이 박힌 자국으로 죽어있었고 트롤의 경우에는 한 번에 목이 날아간 상태였다.

'이런 잔챙이들을 사냥하는 것보다 이규혁을 찾아야하는데.'

지금 당장은 사람들의 피해를 줄이기 위해 별것 아닌 몬스터들을 사냥하고 있지만 이규혁을 잡지않는 이상 밑빠진 독에 물붓기나 다름없다.

서걱.

눈 앞을 막아서는 트윈 헤드 오우거의 양쪽 머리를 한 번에 날려보낸 후 최수민은 이규혁의 기운을 찾기 위해 집중하기 시작했다.

'이 기운들은 마족들의 기운이고. 이규혁의 기운은 이것보다 더 강하다.'

열 개가 넘는 마족들의 기운들.

그런 기운들 사이로 강력한 두 개의 기운이 느껴졌다.

'그런데 왜 두 개가 느껴지는 거지? 이규혁만이 아니었나?'

일단 가까이 있는 곳부터 가보면 알겠지.

"레나. 저는 이규혁을 찾으러 갈 테니 하급 마족들과 최하급 마족들을 부탁할게요."

아직까지도 완전히 힘을 회복하지 못한 레나에게 하급 마족들과 최하급 마족들을 맡긴채 최수민은 강력한 기운이 느껴지는 곳으로 이동했다.

'여기 무언가 있긴 한가보군. 유난히 몬스터들이 많아.'

처음 광주에 들어올 때보다 훨씬 많은 몬스터들. 그런 몬스터들을 하나씩 하나씩 잡아가며 최수민은 계속 걸음을 옮겼고, 마침내 강력한 기운이 있는 곳에 도착할 수 있었다.

"역시. 드디어 왔군."

그리고 그 곳에는 최수민의 예상대로 이규혁이 자리에 앉은채로 기다리고 있었다.

"대체 무슨 속셈이야? 이제 와서 몬스터들을 이렇게 불러내는 이유가 뭐지?"

"기다리고 있었다. 따라와라."

이규혁은 예전처럼 최수민을 향해 무작정 검을 휘두르지 않았다. 대신 조금 불안해 보이는 얼굴로 최수민에게 말을 꺼냈을뿐.

"어디를 따라오라는 거야? 이 몬스터들을 두고?"

"지금 이런 놈들이 문제가 아니다. 빨리 따라오는 게 좋을 거다."

이규혁은 최수민을 향해 눈길을 주지않은 채 뒤로 돌아섰고 그대로 길을 걸어가기 시작했다.

'어차피 거대한 기운이 하나 더 느껴지기도 하고, 이규혁은 더 이상 내 상대가 될 수 없을 것 같으니 일단 따라가 볼까.'

겨우 한달 사이에 이규혁이 강해져봤자 얼마나 강해졌을까 하는 생각으로 최수민도 이규혁을 따라 걸어가기 시작했다.

◇

"무슨 수작이야? 왜 이제와서 이런 일을 벌이는 거지? 한달이 넘는 시간이 있었을텐데."

왜 하필 지금일까?

지난 한달 동안 이규혁에게 무슨 일이 있었던 걸까?

이런 저런 생각들이 최수민의 머릿속에서 교차하고 있었다.

서걱.

이규혁을 따라가고 있는 동안에도 몬스터들은 최수민을 적으로 인식한 듯 계속 달려 들어왔고 그 때마다 최수민의 검에 싸늘한 시체로 변해갔다.

"내가 전에 말했던 것 기억나나? 서벨리 빙하에서 말을 했던 것 말이야."

"글쎄. 너랑 나눴던 대화가 한 두 개가 아니라."

"이 세상만 존재하고 있는 게 아니라 마계라는 세상도 존재하고 있다는 것 말이야."

"그리고 아블 위에 더 강한 마족들이 있다는 것도. 이제 기억이 나는군."

그런데 왜 갑자기 지금 그 이야기를 하는 거지? 지금 여기에 그 놈들이 오기라도 한 건가?

갑자기 온 몸에 소름이 끼친다. 약해진 상태의 아블도 신성한 물약과 블러드 서커가 아니었으면 못 이겼을 텐데 그 놈들이 여기에 나타난다고?

"그리고 아블이 마계 서열 5위였다는 것도 기억하고 있겠지?"

"그래. 진짜 하고 싶은 말이 뭐냐?"

"그런데 마왕이 여기 나타났다면 어떨 것 같아?"

어떨 것 같긴. 여기 있는 사람들 다 죽겠지. 이제 능력자들도 없고 마왕이랑 싸울만한 사람은 나랑 레나 밖인데 아블을 상대해보니 마왕은 절대 못 이길 것 같거든.

"왜 혹시 마왕이라도 불러낸 거냐?"

"아니."

이규혁은 걸어가면서 고개를 가로 저었다. 다행이다. 정말 마왕이 나타나기라도 했으면 지구가 끝장이 났을텐데.

"부르진 않았는데 여기에 나타났어. 광주에 말이야."

덜컥.

심장이 떨어질 뻔했다. 진짜 마왕이 이 곳에 왔다고?

그런데 왜 마왕은 아무 일도 하지않고 몬스터들만 이렇게 바글바글 거리는거지?

"무슨 소리야?"

"말 그대로. 마왕이 이 곳에 왔다. 내가 부른 것은 아니지만 내가 있던 곳으로 어느날 갑자기 툭 하고 떨어지더군."

갑자기 최수민의 걸음이 멈췄다. 왜 한달이 지나고서야 이런 짓을 벌였는지 이제야 이해가 되는 것 같았다.

"그래서 날 마왕에게 데리고 가서 죽이겠다? 그리고 마왕 밑에서 한 자리를 해보겠다는 속셈이냐?"

"그것도 나쁘지 않겠군."

이규혁의 말과 함께 최수민은 검을 이규혁에게 겨눴다. 어차피 마왕을 상대해야 한다면 이규혁을 없애놓고 가는 게 조금이나마 더 좋겠지.

"그런데 내가 남의 밑에서 누가 시키는 일을 하는걸 좋아하지 않아서 말이야. 내가 마왕이 되는 거면 또 모르지."

"그건 또 무슨 개소리야?"

마왕이 된다고? 아블도 하지 못했던걸 지금 해보겠다는 소리인가?

"그 때 내가 그 신비한 돌을 만졌던 것은 기억하고 있겠지?"

"그래. 그 이후에 좀 이상해졌지."

"나도 처음엔 몰랐었는데 그 이후부터 내 몸이 마계와 연결되기 시작했어. 아니 마계와 이어지는 게이트가 되었다고 해야하나?"

이규혁의 말에 따르자면 그 이후부터 자신은 마계를 마음대로 오고 갈 수 있었고 자신의 힘으로 마계와의 균열을 만들어낼 수 있었다고 한다.

물론 그 과정에서 나온 몬스터들은 이규혁의 명령을 따랐다.

"그리고 론디움이 없어진 이후 모든 능력자들의 힘이 없어진다고 해서 당연히 내 능력도 없어질줄 알았는데, 그게 아니더군. 난 아마 마계를 왔다갔다하면서 능력자들과 다른 존재가 된 거겠지."

그리고 론디움이 사라진 이후로도 이규혁은 힘을 잃지 않았고 계속해서 마계를 왔다갔다 할 수 있었다고 했다.

"그래서 중요한건 마왕이 어떻게 된 거냐? 왜 지금 너 혼자 이렇게 돌아다니고 있는 거지?"

"그걸 이제 말해주려고 하는 거야. 마왕이 갑자기 나타나게 되었는데 녀석의 몸 상태가 아주 좋지 않더군. 누군가에게 치명상을 입은 것 같았다."

"치명상?"

"그래. 치명상을 입었는데도 마왕의 몸에서 느껴지는 기운은 상상 그 이상이었지. 그리고 마왕은 나에게 마계와의 균열을 여는 걸 요구했다."

치명상을 입었다고 하지만 이규혁 자신의 힘으로는 도저히 마왕을 이길 수 없을 것 같았다.

단지 느낌이 아니라 이규혁을 최고의 자리에 있게 해주었던 본능이 이규혁에게 말해주었다.

"그래서 어쩔 수 없이 균열을 열었었고 거기서 몬스터들이 나오면 니가 몬스터들을 처리하러 여기에 올 수 밖에 없을 거라고 생각했지."

"날 불렀다고? 이 몬스터들을 이용해서? 그냥 부를 수도 있었을 텐데."

최수민을 부르기 위해 이 많은 몬스터들을 소환했다는 것은 빈대를 잡기 위해 초가삼간을 태우는 격.

최수민을 부르기 위해 몬스터들을 소환했다고 보기엔 너무 많은 몬스터들이 소환되어 있었다.

심지어 지구에 매우 위험한 최하급 마족과 하급 마족까지도.

"나도 이렇게 많은 몬스터들을 의도한게 아니야. 마왕의 힘이 있었기에 이렇게 많은 몬스터들이 몰려온거겠지. 게다가 만약 내가 그냥 불렀더라면 여기에 왔을까?"

이규혁은 애초에 아주 작은 숫자의 몬스터들을 불러들여 최수민의 관심을 끌고 최수민을 광주로 부를 생각을 하고 있었다.

그러나 마계와의 균열을 살짝 열자마자 어마어마한 숫자의 몬스터들이 쏟아져나왔고, 빠르게 균열을 닫았지만 지금 광주는 아수라장이 되어버렸다.

"만약에 내가 마왕을 물리친다면, 그땐 넌 어떻게 할거지? 널 죽이지 않으면 앞으로도 이런 일이 벌어지지 않는다고 말할 수 없을 텐데?"

이때까지 이규혁이 균열을 한 번만 만들어낸 것이 아니다. 이규혁을 처리하지 않는다면 이런 일이 또 다시 반복되지 않으리라는 보장이 없었다.

"난 마왕이 될 거다. 마계로 가서 마왕이 되던 그 곳에서 죽던 둘 중 하나밖에 남지 않았다. 지구에는 더 이상 내가 살아갈 이유가 없거든. 게다가 난 이곳에서 단순한 연쇄살인범일 뿐이고."

이규혁은 한승진을 처리한 이후 가족을 잃고 모든 것을 잃은채 삶의 목적을 잃은 상태였다.

그러나 힘이 모든 곳인 마계가 이규혁에게 다시 살아갈 의지를 주었다.

힘만 있으면 누구의 명령을 받지 않아도 되는 그곳. 정치 같은 것도 필요없는 순수한 힘이 지배하는 마계, 그 곳의 왕이 되는 것이 이규혁의 새로운 목표였다.

마족들을 상대해보지 않은 것이 아니기에 충분히 승산은 있다고 생각했지만 지금 마왕은 자신의 수준을 아득하게 뛰어넘은 존재였다.

이 자식 목적 의식이 있다니. 나는 그런 게 없어서 여행이나 다니다가 왔는데.

"그런데 내가 널 어떻게 믿어야하지? 정말 함정이 아닐 거라는 보장도 없는데?"

"만약 마왕이 여기에 왔고 몸 상태가 정상이었다면 겨우 저런 몬스터들만 지구에 나타나진 않았겠지. 나를 믿고 믿지않고는 너의 자유다."

하긴 확실히 진짜 마왕이 나타났다면 아블보다 더 강한 녀석인데 겨우 광주만 이모양이 되지 않았겠지.

"일단은 니가 말한대로 마왕이 더 중요한 것 같으니 마왕부터 처리하러 가지."

마왕이 약해졌다고 하니 가긴 가는데 설마 아블보다 강한건 아니겠지?

"아참. 우리 둘로는 힘들 수도 있으니 레나도 데리고 와라. 같이 왔겠지?"

젠장. 아블보다 강한 건가. 레나까지 필요하다니.

"알겠다. 그럼 어디서 만나면 되는 거지?"

"유플렉스로 와라. 거기서 기다리고 있지."

◇

"정말 마왕이 여기에 왔다고?"

마왕이 왔다는 말에 레나는 걱정을 하기보다는 얼굴이 밝아지기 시작했다.

"생각보다 걱정하지 않네요?"

"응. 마왕이 치명상을 입어서 여기 왔다면서? 그 말은 티어린에서 목적을 달성하지 못하고 여기 왔다는 거겠지."

최수민에게 말을 하지는 않았지만 레나는 티어린으로 가지 않기로 한 이후에도 티어린에 대한 걱정을 계속 하고 있었다.

애초에 이곳까지 온 것도 마왕과 싸우기 위해 여해를 데리러 온 것이었으니까 그럴 수 밖에.

그런데 그 마왕이 지금 티어린에서 누군가에게 당해서 이 곳에 왔다고 생각하자 레나의 마음이 한결 가벼워졌다.

"저는 마왕이랑 한 번도 싸워본 적이 없어서 잘 모르겠는데 마왕이 얼마나 강한 거에요?"

"음… 드래곤 10명이 달라붙어도 이기기 힘든 정도? 그런데 치명상을 입었다고 했으니 아마 우리가 이길 수 있을 거야. 마왕도 치명상을 입은 이상 그렇게 강하진 않을 거야."

드래곤이 10명이나 달라붙어도 이기기 힘들정도라니. 멜로스와 상대하는 것만 해도 벅찼었는데. 마왕이 대단하긴 대단한 존재였구나.

그런 마왕이 되려고 하는 이규혁의 각오도 대단하고.

최수민은 레나와 함께 이규혁이 말한 유플렉스에 도착했고 이규혁은 두 사람이 도착하자마자 산 속으로 이동하기 시작했다.

"내가 봤을 때까지만 해도 암흑마나는 전혀 사용하지 못하는 상태였어. 그래도 몸은 가눌 수 있는 정도이니 너무 방심하지는 마."

마왕인데 암흑 마나를 사용하지 못한다?

마치 봉인된 지역에 있는 마족들을 상대하는 듯한 느낌이다.

암흑 마나가 없는 마족들은 움직임은 평범한 마족들과 비슷하지만 공격력이나 방어력같은 경우 암흑 마나를 다루는 마족들에 비해 한없이 약했다.

"그래. 암흑 마나가 없다고 해서 약한 건 아니겠지."

그리고 그런 마족들과 대비되던 여해.

마나 한줌 없이 단순한 몸의 움직임만으로도 최하급 마족과 몬스터들을 쉽게 잡아냈었다.

마왕이라면 그 정도는 충분히 하겠지.

“거의 다왔어. 이제 저 언덕만 넘으면 마왕이 몸을 숨기고 있을거다.”

이규혁이 가장 먼저 언덕을 넘으려는 순간 언덕 아래에서 검은색 빛이 이규혁을 향해 날아왔다.

쐐애애액.

“비켜!”

정확히 이규혁의 심장을 노리고 날아오던 검은 빛.

최수민은 이규혁의 몸을 밀친 후 검은 빛을 마나를 실은 검으로 쳐내었다.

‘이건 암흑 마나잖아? 마왕은 분명 암흑 마나를 사용하지 못한다고 했는데 또 누군가가 있는 건가?’

“마계와의 균열을 왜 열었다가 바로 닫았나 했더니 나를 죽이기 위해 드래곤을 불러온 것이었나?”

언덕 아래에는 복부 중앙에 거대한 구멍으로 피가 흘러내렸던 자국이 있는 인간의 형상을 한 누군가가 서있었다.

“저 놈이 마왕?”

“그래. 저 놈이다.”

“암흑 마나를 사용하지 못한다고 했었는데 어떻게 된 거지? 방금 날아온 그건 분명 암흑 마나였는데?"

"그건 나도 모르…."

이규혁이 말을 이어가려고 하는 찰나 언덕을 순식간에 박차고 올라온 마왕이 이규혁을 향해 검을 휘둘렀다.

까앙.

최수민의 몸은 아주 자연스럽게 이규혁에게 날아가는 마왕의 검을 막아내었다.

콰앙.

마왕의 검을 둘러싸고 있는 암흑 마나와 최수민의 마나가 부딪히자 굉음을 내며 폭발한 후 검은 연기가 최수민의 시야를 가렸다.

'이건 확실해. 분명 암흑 마나가 맞다.'

이유야 어떻게 되었든 마왕은 암흑 마나를 사용할 수 있는 상태였다.

그리고 하나 더 확실한 것은 마왕과 검을 맞부딪혔을 때 결코 질 것 같지 않다는 생각이 들었다는 것.

움츠려들 필요도 긴장할 필요도 없다.

"헬파이어!"

연기 속에 몸이 감추어진 마왕을 향해 레나가 마나를 짜내어 마법을 사용하자 연기 속에서 마왕이 헬파이어를 반으로 갈라내며 나타났다.

"마계의 기운을 조금만 더 받았더라면 별것도 아니었을 놈들이…."

말을 마친 마왕의 검에 서려있던 암흑 마나들이 갑자기 옅어지기 시작하더니 순식간에 자취를 감추었다.

어라? 방전된 건가?

암흑 마나가 사라지는 모습 때문에 잠시 방심한 사이 마왕의 검이 최수민의 목을 향해 날아왔다.

그 공격을 다시 한 번 막아내는 최수민.

그리고 최수민의 얼굴에는 미소가 지어졌다.

'좋아. 누가 치명상을 입혀놓았는지는 몰라도 충분히 이길 수 있다.'

벌써 마왕의 공격을 두 번째 막아낸 최수민은 자신감을 얻어 마왕의 몸을 향해 검을 내질렀다.

휘이익.

아무리 치명상을 입었어도 마왕은 마왕.

최수민의 공격을 피해낸 마왕이 반격을 하려고 하는 찰나 최수민의 주먹이 마왕의 복부를 가격했다.

빠어억.

마치 헤비급 복싱선수가 샌드백을 쳤을 때 날법한 소리가 산을 울렸고, 치명상을 입은 부위에 정확히 다시 공격을 허용한 마왕의 몸이 새우처럼 꺾였다.

"잠깐. 이 놈의 마무리는 내가 한다."

이규혁이 마왕의 마무리를 하기 위해 오는 모습을 본 최수민이 이규혁을 멈춰세웠다.

드래곤의 힘이 그대로 남아있다면 랭크셔 제국 최후의

힘도 자신의 몸에 그대로 남아있을 것이다.

그렇다면 마왕같이 어마어마하게 강력한 존재의 힘을 놓칠 순 없지.

게다가 이규혁이 혹시나, 만약에라도 정말 마계를 제패하고 마왕이 된다면 다시 지구를 습격해올지도 모르는 일이다.

제아무리 마왕이라고 하더라도 치명상을 입었던 곳을 다시 한 번 공격당한 이상 반격을 할 수 있는 재간이 없어보였다.

"마계가 아닌 이곳으로 이동이 되었던 이유는 누군가가 널 꼭 죽여주길 바랬기 때문이겠지."

마계로 갔다면 상처를 회복하고 다시 또 어딘가를 파괴하러 갔었겠지.

그게 지구가 되었을지도 모르고.

최수민은 양손으로 검을 잡은 후 마왕의 목을 내리쳤다.

티어린 제국 초대 황제의 검은 이번이 마왕을 죽이는 것이 처음이 아니라는 듯 깔끔하게 마왕의 목을 베어냈고, 마왕의 힘의 5%는 그대로 최수민의 몸으로 흡수되었다.

"자. 이제 마왕도 처리해줬으니 말했던 대로 마계로 사라져."

◇

자신의 목표였던 마왕을 눈 앞에서 실제로 물리치는 모습을 본 이규혁은 최수민의 말에 더 이상 고민을 할 수가 없었다.

"그리고 만약. 혹시나 만약에라도 마왕이 된다면 지구를 노리지 않았으면 좋겠군. 그게 언제가 될지 몰라도 그 땐 나도 더 강해져 있을 테고, 나와 싸워야할 테니까."

비록 마왕이 치명상을 입어 정상이 아닌 상황이었지만 자신은 눈치조차 채지 못했던 두 번의 공격에서 최수민이 자신을 구해주었다.

그것만으로도 지금의 최수민과 자신의 실력차이를 정확하게 알 수 있었다.

"그래. 어차피 나도 여기에 미련이 없다."

어차피 한승진을 죽이고 아무런 삶의 목표를 가지지 못했던 이규혁이었기에 마계로 향하는 것에 아무런 미련이 없었다.

단지 새로운 삶의 목표가 하나 생긴 것일뿐.

능력자가 되기 전에는 용병이라는 직업을 가지고 살아왔고 능력자로써의 삶을 살아왔었다.

그만큼 이규혁의 인생은 힘을 사용해서 살아가는 것에 적응이 되어있는셈.

그런 이규혁에게 마계처럼 잘 맞는 세상도 없었다.

'마침 마계에는 서열이라는 시스템도 있으니 더 재미있겠군.'

첫 도전에서 죽음을 맞이할지, 아니면 새로운 삶의 목표를 이루어내는 첫 걸음이 될지는 모르지만 이규혁은 거침없이 목표를 향해 한 걸음 내딛었다.

◇

"레나는 이제 어떻게 할 거에요? 티어린에 마왕을 물리치기 위해서 여기에 왔었잖아요. 이제 마왕도 물리쳤고 더 이상 볼일이 없는 거 아니에요?"

문득 광주에 있는 몬스터들을 모두 정리하고 난 후 레나가 앞으로 어떻게 할 것인지가 궁금해져서 레나에게 물어보았다.

원래 여기서 태어난 것도 아니고 아는 사람이라곤 최수민과 임동호뿐.

그런 상황에서 레나가 어떤 선택을 내릴까?

"내가 어떻게 했으면 좋겠어? 돌아갔으면 좋겠어? 아니면 같이 있으면 좋겠어?"

레나와의 관계는 아직까지도 아주 친한 동료일뿐 그 이상의 관계 진전은 없었다.

그런 상황에서 갑자기 치고들어오는 질문에 최수민은 당황할 수 밖에 없었다.

"그게… 제가 가지 말라고 하면 안 갈 거에요? 여기에는 아는 사람이라고는 저랑 임동호밖에 없잖아요."

"아는 사람의 수가 중요해? 그게 누군지가 중요하지."

최수민이 얼버무리자 레나가 정확한 대답을 원한다는 듯이 최수민의 두 눈을 바라보았다.

여전히 루비를 박아놓은듯한 붉은 눈은 빛나고 있었고 처음 만났을때처럼 얼굴에선 은은한 빛이 흘러내렸다.

"빨리 말해봐. 내가 어떻게 했으면 좋겠어?"

"제가 가지 말라고 해서 가지 않는 거라면 안 갔으면 좋겠어요."

진심으로.

가족을 잃고 아는 사람 하나 없이 살아왔던 삶이었지만 레나는 이제는 가족 그 이상의 존재가 되어있었다.

레나가 티어린으로 돌아갈 수도 있다는 생각을 하자 갑자기 레나와 있었던 일들이 최수민의 머릿속을 스쳐지나갔다.

레나가 죽을 뻔했던 일.

그리고 레나와 함께 데스나이트를 잡기 위해 지냈던 시간들.

그것들 말고도 레나를 알게된 이후 최수민의 삶에서 레나를 빼놓을 수 있는 순간이 단 한 순간도 없었다.

"그래. 내가 없으면 너 혼자서 어떻게 오랜 세월을 혼자 버티겠어? 지금이야 임동호도 있고 뭐 다른 사람들이 있지만 사람들은 곧 죽을 텐데."

레나가 그렇게 말하자 정말로 드래곤의 삶이라는 것이 엄청나게 긴 것이구나 하는 생각이 들었다.

아직까지 전혀 생각조차 하지 못했었지만 언젠가 임동호도 죽고 자신이 알고 있던 많은 사람들이 죽겠지.

그런 과정을 계속 반복하다보면 과연 제정신으로 살아갈 수 있을까?

"어차피 난 여기 남아있을 생각이었어. 너 혼자서 그 긴 세월을 못 버틸 것 같았거든."

"그럼 대체 왜 물어본 거에요?"

"만약 내가 싫다고 티어린으로 가라고 했으면 가려고 했어. 나 싫다는 사람한테 더 이상 붙어있고 싶진 않아서."

그렇게 말하는 레나의 얼굴에는 행복한 미소가 지어져있었다.

티어린에 있을 많은 친구들, 그리고 레나의 가족들을 모두 포기한 채 최수민을 선택한 레나.

그런 레나의 마음을 최수민도 이해한다는 듯이 레나를 안아주었다.

"어떻게 레나같은 사람을 싫어할 수가 있겠어요. 잘 부탁해요. 앞으로도."

◇

"자. 찍습니다. 하나. 둘. 셋."

찰칵.

스튜디오 안에서 분주하게 움직이는 카메라. 그리고 조명.

그 속에서 최수민과 레나가 여러 가지 계절에 맞는 옷을 입고 촬영을 하고 있었다.

"수민씨, 다리 조금만 벌려봐요. 됐어요!"

"역시 모델이 장난 아닌데? 이번 매출은 정말 기대해도 되겠어."

"그러게요. 진짜 어떻게 사람이 저렇게 생길 수가 있는 거지? 두 명 다 하늘에서 내려온 것 같아. 나중에 날개 달고 날아가는 거 아니야?"

그런 최수민과 레나의 촬영현장을 보고 있는 사람들의 입에서는 칭찬이 마를 날이 없었다.

한 두 번 보는 것도 아닌데도 볼때마다 감탄사가 절로 나오는 외모.

얼굴뿐만이 아니라 몸매마저 신이 내려주신 게 아닌가 하는 생각이 들 정도로 완벽한 두 사람을 볼때면 처음에는 열등감이 폭발하기도 했지만 이제는 두 사람의 완벽한 팬이 되어버렸다.

"자. 오늘도 수고하셨어요. 다음에 또 뵙겠습니다."

"네. 수고하셨어요."

최수민과 레나는 촬영이 끝나자 원래 입고 있던 옷으로 갈아입은 후 타고왔던 차를 향해 걸어갔다.

"어때? 이 생활은 괜찮은 것 같아?"

"이것도 쉬운 일인줄 알았는데 별로 쉽지가 않네요. 계속 옷을 갈아입으랴, 몇 시간씩 계속 서서 촬영하랴. 역시 쉬운 일이 없네요."

어느새 론디움이 사라진지 1년이 지난 지금 최수민은 레나와 함께 모델일을 하고 있었다.

처음 반년은 여행을 하고 다시 한국에서 살다보니 길거리를 돌아다닐 때마다 받는 제의에 어쩔 수 없이 모델일을 하게 된 것.

"어차피 시간은 넘치는데 이것 저것 해보는게 다 경험이야. 이런 것도 해보고 다른 것도 해보고."

처음에는 끌리지 않았지만 레나의 말에 어쩔 수 없이 일을 계속 이어가고 있었다.

"휴. 진짜 레나 말처럼 할 일은 이것저것 많은데 이제 적당히 다른 일을 알아봐야 하나봐요. 솔직히 이건 뭐 배우는 것도 없고 재미도 없으니."

"그래. 그럼 전에 사놨던 카메라로 사진 찍으러 다니는 거나 할까? 그것도 사놓고 얼마 쓰지도 않았잖아."

레나의 말대로 최수민의 집에는 사놓고 쓰지도 않은 제품들이 엄청나게 쌓여만 갔다.

돈이 부족하지도 않으니 무언가 하고 싶으면 당장 가장 최신제품에 가장 좋은걸로 사다가 얼마 쓰지도 않은채 집안에 방치된 물품들만 해도 어딘가에 창고를 임대해야 할 정도로.

“그럴까요? 마침 사진 찍는 사람들 모습을 보니까 사진을 찍고 싶기도 하고. 눈 앞에는 세상에서 가장 아름다운 모델로 선정된 사람이 있는데. 그게 좋을 것 같기도 한데.”

“돈내고 찍어. 인터넷에서 보니까 다른 사람들은 모델한테 다 돈주고 찍더라.”

“에이. 우리가 뭐 그런 사인가요. 잘 찍히면 레나도 좋을 텐데.”

“잘 찍으면 내가 돈 줄게. 한 번 잘 해봐.”

평범한 연인들처럼 이런 저런 이야기를 나누며 차를 향해 걸어가고 있던 최수민의 스마트폰이 울렸다.

“여보세요?”

최수민의 짧은 통화가 끝나자 레나가 바로 최수민에게 물어보았다.

“오늘은 또 무슨 일이래? 어디?”

“부산에서 누가 칼을 들고 난동을 부리고 있대요.”

“부산이면 가깝네. 바로 출발하자.”

레나가 최수민의 손을 붙잡았고 두 사람의 몸이 빛에 둘러싸인 채 순식간에 사라졌다.

◇

“오지 마. 오면 찌른다?”

적당한 햇빛. 선선한 바람이 불어오는 부산 센텀시티.

그곳에서 마스크를 쓴 괴한이 손에는 30cm가 넘는 길다란 사시미를 들고 여자 한 명을 인질로 잡은 채 인질극을 벌이고 있었다.

괴한 주변에는 칼에 찔렸던 사람들이 흘렸던 피가 아직까지 마르지 않았고, 앰뷸런스가 부상자들을 이송하고 있었다.

그리고 그 곳에는 안절부절 하지 못하고 있는 경찰들이 총으로 괴한을 겨누기만 한 채 아무것도 하지 못하고 있는 상태.

"젠장. 인질만 아니었어도."

"방금 최수민한테 연락을 했답니다. 곧 온다고 하니 인질이 안전하게만 해달라고 합니다."

최수민과 레나가 지금은 비록 모델일을 하고 있었지만 진짜로 하고 있는 일은 따로 있었다.

바로 사람들의 안전을 지켜주는 것.

그곳이 외국이라고 하더라도 최수민과 레나가 갈 수 있는 곳이라면 가서 도와주었고 사람들은 현실판 히어로라며 두 사람을 치켜세워주고 있었다.

그것이 최수민과 레나가 모델일을 하게 된 것에 영향을 미쳤다는 것은 말할 것도 없고.

"가까이 오지 마. 한 발자국만 더 움직이면 찌른다?"

괴한은 자신이 데리고 있는 여자의 팔을 칼로 살짝 그었고, 여자의 팔에서 피가 조금씩 흘러내리기 시작했다.

"제발 살려주세요. 흑흑."

팔에서 흘러내리는 피와 함께 여자의 양쪽 눈에서는 눈물이 폭포가 되어 흐르는 동안 경찰은 아무것도 할 수가 없었다.

"젠장. 총이 있는데도 쏘지도 못하고. 인질만 아니었어도!"

"조금만 참아. 최수민이 인질만 구해내면 그땐 우리가 제대로 처리해주자."

옛날같았으면 경찰 특공대를 투입해서 구해냈겠지만 지금은 경찰 특공대와는 비교도 안되는 최수민만 믿고 있었다.

"저놈인가요? 왜 저러고 있대요? 무슨 사정이라도 있나?"

"어라? 벌써? 5분도 안 지났는데?"

최수민에게 연락을 한지 이제 막 2분이 지났을 때 경찰들 뒤에서 최수민이 레나와 함께 나타났다.

"그게 저희도 아직까지 잘은 모르겠지만 그냥 칼을 들고 사람들을 무분별하게 공격했다고 합니다."

"그래요? 그럼 뭐 사정 봐줄 필요도 없는 놈이네? 마침 잘 됐다. 안 그래도 하루 종일 서있느라 힘들었었는데."

최수민이 경찰들 뒤에서 한 발자국 앞으로 걸음을 내딛자 괴한이 소리쳤다.

"오지 마! 한 발자국만 더 움직이면 진짜 이 여자를 죽인다?"

그렇게 외친 괴한의 칼이 여자의 손에서 여자의 목을 향해 움직였다.

주륵.

"어디 한 번 해봐. 니가 빠른지 내가 빠른지 한 번 해볼까?"

괴한의 눈과 최수민이 마주치자 괴한의 다리가 갑자기 사시나무 떨리듯이 떨리기 시작했다.

"지… 진짜 찌른다!"

공포감이 온 몸을 잠식한 상태에서 괴한이 팔에 힘을 주는 순간.

빠악.

순식간에 거리를 좁혀온 최수민의 손날이 괴한의 뒷목을 내리쳤고 괴한은 순식간에 의식을 잃은 채 바닥에 쓰러져 버렸다.

"감… 감사합니다!"

"그것보다 일단 팔부터 치료하셔야 할 것 같은데. 가보세요."

경찰들이 달려와 바닥에 쓰러진 괴한을 연행해갔고 이 날있었던 일은 뉴스 속보로 텔레비전에 방영되었다.

"레나. 저 그냥 경찰이나 검찰같은 거나 해볼까요? 모델 같은 거 하는 것보다 이게 더 잘 맞는 것 같은데. 지겹지도 않고."

"마음대로 해. 지금 흥미 있을 때 이것저것 많이 해보는

게 좋을거야. 나중에는 이런 것도 그냥 그저 그런 일이 될 걸?"

몬스터들이 모두 사라진 지구.

론디움이 없어지고 몬스터들의 습격이 없어진 이 곳은 평화로운 곳이 될 줄 알았지만 여전히 나쁜 놈들은 많았고 항상 범죄들은 끊이지 않았다.

세상이 위태로웠던 이유는 몬스터들이 아니라 나쁜놈들이 너무 많기 때문인지도 모른다.

최수민은 레나의 손을 잡고 서울에 있는 집으로 돌아갔다.

두 사람이 아닌 세 사람의 보금자리가 될 곳으로.

〈완 결〉